JN084560

目次

二人の甘い夜は終わらない

1　誕生日とはいえ、こんなことになるなんて

テンポの良いローヒールの音が、エレベーターの前で止まった。

横に並んだパンツスーツ姿の女性に気づいた男性が、すっと目線を向ける。そして相手に、緊張気味なのか、やや強張った声で朝の挨拶をした。

「おはようございます。成瀬補佐」

「おはよう、山﨑」

成瀬花乃は、いつも通りの短い挨拶を済ませると、男にニコリと笑いかけた。開いた扉からエレベーターに乗り込み、今日の予定を頭に思い浮かべる。

その凛とした姿は、情報システム部のあるフロアにエレベーターが停まっても変わらない。扉が開くと、自分より遅れ気味に歩く部下の前を颯爽と歩き出した。大きめのモニターが載ったデスクに向かい、通路をコツコツと進む。

そんな花乃に、先に来ていた部下がスマホから目を離さず挨拶をしてきた。

「おはようございまーす」

「おはよう、水野。昨日のアップデートは問題なかった？」

「あ～、今からチェックするところ……です」

花乃の質問でようやく手に持った端末から目を離した水野を横目に、ノートパソコンを社内ネットワークに繋げる。

花乃の勤務先である花鳥CRMシステムは、ケミカル・化粧品大手、花鳥グループの子会社である。この会社では、花鳥グループすべてのシステム管理を担っている。

花乃が属する情報システム部は、会社の中でもっとも忙しい部署だ。毎日システム更新に追われ、一日の始まりがとても早い。

壁時計を見ると、現在の時刻は午前七時ちょっと前。

朝番シフトは皆七時出勤なので、周りではすでに半数の社員が出勤していた。

席についた花乃は早速、仕事に取り掛かる。

まずは、先ほど倉田主任からスマホに届いた仕事のメールを確認しよう。

カーソルを動かし花乃が『新規ＩＤ作成依頼』という件名のメールを開こうとした瞬間、部下の悲愴な悲鳴が上がった。

「あ～！　このアプリ、またコケてるっ！　この更新って一体どうなってんだよお～っ」

まったく、出社したばかりだというのに、朝っぱらからもう問題発生だ。

机の向こうで悲鳴を上げた後も「なんで途中でリンク切れて……」とぶつぶつ言い始めた部下を見て、今日も忙しい一日になりそうだと小さなため息を一つつく。

「なんです？　成瀬王子は……朝からいやに意味深なため息ついてますね～」

あくび混じりの間延びした声が、隣の席から聞こえる。

「意味深じゃなくて、諦めのため息よ。――主任ってば、また私にＩＤ作成投げて逃げたのよ。それに私の肩書きは、一応主任補佐だからね。なんで王子なのよ」

ようやく出社してきた部下――高田の軽口に言い返しつつも、花乃はいまだ姿を現さない上司の席をチラリと見やる。いつもひょうひょうとしていて捉えどころのない主任は、またまた遅刻らしい。

「おー、そうでした！　ついつい……」

そう言いながらも、高田の表情は全然すまなそうでない。

どうしてこの部署には、仕事はできるが扱いにくい人ばかりが集まっているのだろう。だがこれも仕事のうちと、花乃は諦め混じりに悲鳴の主もとへと駆けつけた。

「高田は、バックアップのチェック始めて。ほら水野も、突っ伏してないで、さっさとデータ回復！」

ところが、慣れた様子で花乃が作業を促した途端に、個性的すぎる発言の数々が返ってくる。

「さてと、ちょっとコーヒー淹れてきますか」

「あいつ～、また遅番サボったな。俺だってミキちゃんのフィギュアの仕上がり我慢して、居残ったのにぃ」

（こらあ、なんでそんなマイペースなのよ！）

上司から仕事を振られてすぐに席を立つ。はたまたアニメのキャラ名を叫びながら、さらに机に突っ伏す。そんな彼らの姿には慣れきっているものの、時々、根性を入れ直せ！　と活を入れたくなる。

そんな衝動を抑えつつ、花乃は心を一旦落ち着かせようと、ガラス越しに隣接するお客様コールセンターを眺めた。

そして、よしと気合を入れ直す。

「まだセンター開始まで二時間あるわ。回復させるわよ」

コンピューターがずらりと並んだコールセンターの静まり返った様子に、焦っちゃダメ、と自分を叱咤(しった)する。

そしてようやくノロノロと動き始めた部下たちを見て、自分の席に帰った。

ふうと一息つくと、先ほどの倉田主任からのメールを開く。

途端、視界に飛び込んできた名前に、心臓がドクンと飛び跳ねた。

その二文字を穴があくほど見つめた後、ようやくまぶたがパチパチッと動く。

近々就任する新社長の下の名前が、なんと初恋の人と同じだったのだ。

今でも忘れられないその名を見た瞬間、花乃はしばらく固まった。

続いて、動悸がトクトクと速まってくる。さり気なく胸を押さえ、深く息を吸い込んだ。

（落ち着いて――。一樹(かずき)なんて、珍しくもない名前なんだし）

名字が違うのだし、明らかに別人だ。だからなにもここまで動揺する理由はない……そう自分に言い聞かせる。けれど、一旦高まってしまった花乃の心音は、思うように収まってくれない。

グラグラ揺れ動く心からは〝ただ今仕事中〟の意識が、ぽろりと抜け落ち——思わずポツリと呟(つぶや)いた。

「……四歳差なんて、この歳になればないも同然よね……」

ここしばらくは、仕事に追われて振り返ることもなかった、花乃の大切な宝物のような思い出が心に浮かんでくる。

（私、やっぱりまだ……）

懐かしさ、愛おしさ、甘酸っぱさプラス、ずきんとくる心の痛み。

ふと、遠い昔に垣間見た光景と、初恋の人が漏らした本音が脳裏に蘇(よみがえ)る。

友達に囲まれた彼は、冗談であっても花乃をそんな目で見られるわけがないと、顔をしかめていた。あまりにも年下で、なおかつタイプでもないと——そう言い切られたあの誕生日の日……

キツい、いまだにキツい。

多感な年頃のファーストラブだったとはいえ、十五年も前のことでズーンと落ち込んでしまいそうになる。

——いやいや、この広い世の中、彼だけが男じゃない。

これまでにも、デートに誘ってくれた人はいた。

だが、いざ彼らを思い出そうとすると、初恋の人以外の名前が出てこないなんて。

こんなだから、数回のデートですぐダメになるのだろう。

そんな自分に付き合って、もはや二十七年——いや、今日で花乃は二十八歳になる。

花乃の口から思わず、「はあ～」と重いため息が漏れた。

けれど今は、そんなおセンチな感傷に浸（ひた）っている場合ではない。ここは気の抜けない仕事場である。

花乃は、追想を十五秒キッカリで頭の隅へと追いやった。

よし、上司から依頼されたID作成を、サッサと片してしまおう。

心中で小さなため息をついた後、頭を切り替え、キーボードを叩き始める。

（えーと、ログイン名とパスワードっと……、権限は――）

そういえば、懐かしい人と同じ名を持つ社長とは、どんな人なのだろう。

作業を終えて依頼のメールを処理済みフォルダーへさっさと放り込みつつ、花乃は部下に聞いてみた。

「ねえ、今度うちに来る新社長ってどんな人なの？　何か知ってる？」

「新社長ですか？」

すると高田は、スクリーンから一瞬顔を上げてこちらを見た。

「あ～、噂の本店エリートですね」

水野も噂は聞いたことがあると、アプリを操作しながら答える。この会社の親会社である花鳥コーポレーションは、社員の間では本店と呼ばれている。

部下は二人ともマイペースなくせに、本店とのやり取りも多いせいか、意外にも新社長のプロフィールに詳しかった。

(……アメリカの会社からの引き抜き、かあ。へえ……)

業務連絡以外は滅多に雑談をしない花乃が興味を示したため、二人とも面白がって次々情報を上げてくる。

それによると、新社長はイギリスの大学研究室で企業との合同研究が成功して、そのままあちらで就職をした若きエリートらしい。本店にヘッドハントされてからは、経営マネージメントに関わっているそうだ。今回の就任に至るまでの輝かしい功績を、花乃は仕事をしながらふうんと半分聞き流す。

こうして、花乃の一日はいつも通り仕事に追われる形で始まり、ドタバタと過ぎていったのだった。

その日の夕方。

技術は超一流だが、その分超マイペースのエンジニアたちを、脅(おど)かしつつ宥(なだ)めつつ、何とか無事に業務を終えた。早番であった花乃の終業時間はとっくに過ぎていて、気がつけばもう夜の六時近くだ。

さすがの花乃もちょっとバテ気味かも……と、ため息をついた。

だが今日は、花乃がメグと呼ぶ、友人のめぐみと飲む約束がある。

気の置けない友人との楽しいお喋(しゃべ)りは、疲れた心の気晴らしにちょうどいい。

それに今夜は花乃の誕生日だからと、奮発して会社近くの高級ホテルのバーで飲むことになっている。いささか弾んだ調子で主任への報告を済ませた花乃は、会社を出る前に化粧室のドアを押した。

（うわあ、ラッシュアワーに引っかかっちゃったわ～、これ……）

身だしなみを整えようと、少しだけ寄るつもりが、コールセンターの女性たちの終業時間と重なったようだ。

鏡の前はヘアブラシを手に持つ人や、化粧直しをする女性で満員御礼状態だった。

「あ！　成瀬王子、お疲れ様です～。今日はどこかへお出かけですか？」

「成瀬さんも、ご一緒しませんか？　ちょうど駅前の新しいお店の話をしてて」

早速、花乃にも週末前の華やかなお誘いがかかる。

「ありがとう。でも、今日は誕生日で約束があるのよ」

「えっ、そうだったんですか！　なんだあ、言ってくれれば何か用意したのにぃ」

「そうですよ、一言おっしゃってくれれば……日頃お世話になってるんだし」

女性たちの驚いた表情には、内心で苦笑いだ。

彼女たちのパソコントラブルは花乃の業務外ではあるが、ヘルプデスク――パソコントラブルのサポート部が手いっぱいの時は面倒を見ている。女性ばかりのチームなので、扱いには気をつけなければ。

花乃は女子校育ちではあったが、記念日をみんなで祝う習慣がない。特に、誕生日に関してはあまりいい思い出が……いや違う、全然まったく良い思い出がないため、今日だってもしめぐみに誘われていなかったら、さっさと家に帰っていた。

「この歳になったらもう、祝う気も起こらないのよ。でもありがとう。気持ちはありがたく受け取っておくわ」

当たり障(さわ)りのない言葉と、いつものように気持ちを隠す笑顔で、花乃は気遣いに対する礼を述べた。

「もう、成瀬さんってば、相変わらずクールですね～」

「あ、だったら。あのっ、ぜひ髪セットさせてください！」

「私、新色持ってる！　きゃあメイクさせて～」

（え？　あ、あの……）

内心焦りながらどう対応するかを考えているうちに、あっという間に鏡の前に引っ張られていた。

こうなったらもう、彼女たちに好きにイジらせるしかない……

どこからか現れた椅子に座らされ、「ありがとう」とニコニコ笑いながら、花乃は潔(いさぎよ)く抗(あらが)うのを諦めた。

「ちょっと、誰か、ピン持ってない？」

「こんな感じで、ここはこうよ」

女性たちがああでもない、こうでもないと言いながら、花乃の髪や顔をセットしていく。

花乃がこうやって弄(いじ)られるのは初めてではない。

女子校出身の定めなのか、演劇部のヒーロー役や文化祭のウェイターなど、やたら飾り付けられる機会が多々あった。女性にしては背が高いこともあり、棚の上の物を取ってあげたりと何かと頼りにされ、学生の頃から王子と呼ばれている。

そして、こうして女性たちに囲まれていると、なぜだか疎外感を覚えてしまうのもいつものこと。

何というか、可愛い丸がたくさん集まっている中に、一つだけ三角の自分がポツンと混じっている……そんな感じだ。

だけど一人は慣れっこだし、今さらそんなことを気にしてもしょうがない。

気がついた時には、お人形のように髪を櫛でとかれていた。そして彼女たちの気が済むまで弄られた後、鏡に映った自分を見てみる。

するとそこには、いつもとちょっと違う、華やかな感じの大人の女性が映っていた。

目元メイクは淡いグリーン系で、こんな色使いは今まで試したことはなかったが、いつもよりグッと女らしい感じがする。

少しくせのあるショートボブは、前髪の分け目からふんわりと流してある。

さらりと流れてくる髪を耳の後ろにかきあげながら、「うん、とっても気に入ったわ」と周りの女性たちにニッコリ笑いかけた。

「ほんとにありがとうね、メイクも髪型も」

再度お礼を言って、目的地に向かいコツコツと歩き出した。

いつものように一人で夕食を済ませた花乃は、待ち合わせの高級ホテルのバーに来ていた。

初めて訪れたバーは、今風のライトアップと昔ながらの木造りカウンターとがうまくマッチした、とてもお洒落な店だ。めぐみがぜひにと勧めたのも納得で、上品で落ち着いた雰囲気に花乃の心は安らいだ。

「カクテルをお願いします、今日は誕生日なんです」

バーテンダーの注文取りにも、上機嫌で答える。

「じゃあ、とっておきのを作りますね」と、しばらくして差し出されたのは、見たこともない華麗な色のカクテルだった。

淡いピンクから順々に薄い紫、鮮やかな青へと色が変化しているのを見て、花乃は驚いた。

これはもう芸術品だ。そう思わせるくらい鮮やかな色彩……

しばらくその美しい色の取り合わせに、うっとり見惚れる。

「うわぁ、綺麗～、なんだか飲むのがもったいない」

「そんなこと言わずに、試してみてください」

「じゃあ、いただきます」

(あぁ、味もすごい美味しい)

喉ごしが良くて、何杯でもいけそうだ。

「見た目より、アルコールがきついですから、ゆっくり味わってくださいね。結構後できますよ」

「そうなんですね、気をつけます。それにしても、とても美味しいです。なんというカクテルなんですか？」

「そうですね、『甘い思い出』なんてどうですか？」

カクテルを作ってくれたバーテンダーは笑って、次の客のカクテルを作り出した。

（甘い思い出、かぁ……）

今日は朝から、やけに昔のことを思い出す出来事が多いのはなぜ……？

そんなことをぼんやり考えながら、落ち着いた雰囲気のあるバーでグラスを傾けた。

金曜の夜だからか、しばらくすると店内は人が増えてきた。カウンター席も徐々に埋まり始める。

（あ、そうだわ、メグの分も注文しておいてあげよう。席を取ってるって分かりやすくもなるし）

隣には一応バッグを置いているが、どっちみちもうすぐ約束の時間だ。席がどんどんなくなるのを見て、花乃はもう一度バーテンダーに声をかけた。

「すみません、同じカクテルを連れの分もいいですか？」

「はい、少々お待ちください」

そうやって、もうすぐ来るはずの友人を待っていると、不意に後ろから声がかかった。

「隣、空いていますか？」

（やっぱり、来ちゃったか～）

カウンター席はもうすでにほぼ満席で、残りは花乃の隣とカップルの横しか空いていない。

めぐみの席は確保しなければ、と断るために後ろを振り向いた。

「すみませんが、もうすぐ連れが来るので――……っ」

（……えっ？　えぇっ!?　うそ……かずき、さん……？）

振り向いた先にいたのは、背の高い男性だった。

柔らかな茶色の髪に、鼻筋の通った端整な顔立ち。意志の強そうな口元に力強い瞳。

気品のある貴公子のような面差し(おもざ)は、忘れたくても忘れられない初恋の人の顔だ。

衝撃のあまり、花乃の身体が一瞬にして固まった。

それほど、目の前の男性は初恋の人——遠藤(えんどう)一樹をそのまま大人にしたような華麗な容姿だったのだ。

そのこげ茶の瞳に囚われたように、彼から目が離せない。

彼は硬直している花乃を見て、ちょっと驚いたように目を見張った。

「ああ、天宮(あまみや)さん、いつものでいいですか」

だがすぐに、バーテンダーにかけられた声に、上品に微笑んだ。

「よろしく頼む」

(あ……)

人違いだ。彼とは別人だった。

だけど花乃は、長年忘れられない顔の男性から目を逸らすことができない。

バーテンダーに目を向けていた彼が、花乃の視線に気がついたのだろう、またこちらを見つめてきた。

二人の目線が交差する。

「天宮さん。こちらにいらっしゃったんですか、探しましたよ」

後ろから聞こえた華やかな声の方を振り向くと、綺麗な女性がこちらに向かって歩いてくる。

「ああ、すまない、一杯やりたくなって」

その瞬間、感じた落胆に、自分でも驚いた。

（一瞬目が合っただけなのに、なんでこんなガッカリしてるの……）

「はい、ご注文のカクテルどうぞ。天宮さんも、できましたよ」

「あ、ありがとう……」

気を取り直してグラスを受け取ったものの、隣の席にカクテルを置く手がかすかに震えた。

彼はニッコリ笑って「ありがとう」と水割りを受け取ると、連れらしき女性とカウンターを離れていく。目の端で追ったその後ろ姿が消えても、花乃の手はまだ震えている。

（どうしちゃったのよ？　私ったら……）

けれども、心の底ではこのショックの原因がはっきりと分かっていた。

初恋の人である遠藤一樹に、あそこまで酷似な人に初めて出会った。だが、花乃の好みのどストライクである先ほどの男性には、すでにお似合いの連れがいたのだ。

そのことに、大げさなほどガッカリしている。

一瞬で恋に落ち、次の瞬間失恋したような、そんなしょげた気分になったところに、手元のスマホが光った。

見ると、めぐみからのメッセージだ。

『ごめん！　旦那からデートに誘われた。悪い、今度奢（おご）る。誕生日おめでと〜、カンパーイ』

（なっ！　なんですってーっ、メグのやつ～！）

親友とその夫は結婚前からラブラブだったが、結婚後も相変わらずだ。

三年経っても変わらないそのイチャイチャぶりに、思わず諦めの深いため息が出る。

女の友情は血よりも濃く、恋より脆い。

それが通説とはいえ、この期に及んでのドタキャンなんて……

傷心気分の今の自分に、今回のキャンセルはちょっとキツい。

「はぁ、まったく」

カクテルグラスを勢いよく手に取り、ヤケになって二杯とも続けてゴクゴクと一気飲みした。

だが飲み干した途端に、目眩のようなクラっとした酩酊感に襲われる。

（あ……これはまずった、かも……）

カクテルは甘く軽やかな味わいだが、アルコール度数が高いので、ゆっくり飲むよう注意されたことをすっかり失念していた。

しまった。油断した、と思った時には、すでにクラクラしていた。これはよくない……酔い潰れる前の感覚に、とても似ている。

ボンヤリしてくる頭の中でまだなんとか働いている理性が、家に帰れと危険信号を送ってくる。

（そうね、早くここを出て、帰らなきゃ……）

だんだん熱くなってくる身体をゆっくり動かし、にこやかに笑いながらバーテンダーに礼を言って店を出た。

エレベーターを呼び出すボタンを人差し指で押すと、ふうと壁にもたれ掛かる。

（やっぱり……メグに一言、言ってやらなきゃ、気が済まないわ……）

「この裏切り者！」

「えっ？」

スマホを片手に送った内容を、知らず知らず声に出していたらしい。メッセージを送った途端、横から戸惑った声が聞こえた。

「あっ……ごめん、なさ……い」

見ると、先ほどのイケメン様が、いつの間にか側に立っていた。

花乃が、エレベーターのボタンを押す邪魔になっていたようだ。咄嗟にもたれ掛かっていた壁から、身体をゆっくり起こす。彼の妨げにならないようにと、横に移動した。

途端にまた、クラッと目眩がしてくる。

「大丈夫ですか？」

「だ、大丈夫、です……すみません、ボタン……邪魔でしたね」

心配そうに声をかけてくれる男性に、申し訳ない、と懸命に謝る。

すると、いつの間にか彼の逞しい身体に寄りかかっていた。その事実にとても焦りつつも、別のことに驚いていた。

花乃は女性にしては身長が高い。人から聞かれたら百六十五センチくらいかなと答えているが、正確には百六十九・七センチだ。この公式記録は中学三年の時のもので、日本人男性の平均身長とほぼ同じ百七十には絶対四捨五入しないところがミソである。

そしてヒール付きのパンプスを履いている今、軽く百七十センチを超えた状態なのに……この男性は、そんな花乃を軽々と超える高身長だった。力が入らない腰を、長い腕でしっかりと抱えてくれている。

「……少し座って、水でも飲まれた方が……」

耳に心地よい声が頭上から聞こえる。

普段味わえない経験にジーンと感動していると、エレベーターの到着音がポーンと鳴った。

「ありがとう、ございます……大丈夫ですから」

無理やり身体に力を入れて歩き出そうとしたのだが、足がもつれてよろめきかけた。

「おっと……やはり休まれた方がいいですよ」

「いえ、いいん……です……」

彼に、「何階ですか?」と聞かれた。

定まらない視線の先には、ずらっとボタンが並んでいる。ロビーの文字を探し彷徨(さまよ)っていた手を止めて、彼に答えようとした瞬間に、エレベーターがフワンと動いた。

その浮遊感に、あ、と思った一瞬後には意識が遠のいていた。

「しっかりなさってください。危ないですよ」

話しかけてくれる深い声が耳に馴染む。逞(たくま)しい腕と清潔な匂いのするスーツは、最高に抱かれ心地が良い。

なぜだか一気に安心感が襲ってきて、男性に抱きついたのが、はっきりとした記憶の最後だった。

「参ったな……」

ボーッとした頭の上で、深いため息が聞こえた気がした。

窮屈だわ、とパンプスを脱いだら、足の下が柔らかい。風船の上を歩いているようなフカフカの絨毯（じゅうたん）だ。

弾む感触がすこぶる気持ちよくて、花乃は逞（たくま）しい腕に導（みちび）かれるままソファーに座り込んだ。

どれくらいそうしていたのか――……気がつくと、もたれ掛かったソファーから優しい手が抱き起こしてくれている。

「ほら、水だ」

「ん……」

「ああ、こぼすなよ」

言われたそばから、手にしたグラスがスルリとすり抜けた。――が、分厚い絨毯（じゅうたん）のおかげで、割れもせずトサッと柔らかい音を立て転がっていく。

「大丈夫か？」

「あれ、ごめ、んあさぁい……」

「気にするな、それより……ケガはないな。だがこのままでは風邪をひく。ちょっと待ってなさい」

焦点の定まらない目でひんやりとする胸元を見てみれば、ブラウスがびしょ濡れだ。

（タ、タオル……）

何か拭うものを取りに行こうとするが、足に力が入らず、身体がソファーからズリ落ちていく。

花乃はしょうがないとそのまま四つん這いになり、彼の消えた方へと絨毯の上をズルズルと這っていった。

だけど、重い身体を引きずり追いかけても、なかなか彼にたどり着けない。

この部屋って結構広いなぁと思いながら、途中でペシャンと潰れた。

「えっ？　あっ、何をして……」

タオルを片手に現れた彼が、驚いた顔をしている。

「ふにゃ、あ～タオぅ、ぁんとぉ～」

「待て、ここで脱ぐな」

身体が、ふわっと持ち上がった。

「割と軽いな」

何が起こったのかが、分からなかった。

花乃は生まれてこのかた、お姫様だっこなぞされたことがなかったのだ。

ポカンとしていると、いつの間にかそこは広いバスルームの中で、ふっくらとしたタオルの上にぺたんと座り込んでいた。

（ん～、そう……よね、シャワー……）

目の前の透明なドアを見た途端、そうだシャワーを浴びないと、となぜか使命感に燃えて服を脱ぎだした。

「ん、もうちょい……」

やっと温かいお湯が出てきた。だが酔った身体は思うように動いてくれない。ふらふらと壁にもたれ掛かり、そのまま大理石をズルズルと滑り降りていくと動けなくなった。

(……まあ、洗えるし、いっか……)

座ったまま温かなお湯にうたれていると、キュッと音がしてシャワーが止まる。次の瞬間にはタオルで包まれ、長い腕に抱えられていた。

「まったく、湯冷めするぞ」

幼な子のように優しく拭かれて、バスローブを着せられ、身体がまたふわりと浮いた。気がつけばシーツの上に寝かされていた。

(ふわぁ、おやすみ、なさい……)

手のひらに感じるコットンの柔らかさと、背中に感じるベッドの感触に、寝心地最高～と重いまぶたが自然と閉じる。遠ざかる意識の外で、ララバイのような低い声が聞こえる。

「寝てしまったのか……仕方ないな」

枕元のテーブルでスマホが、コトンと音を立てた。

「……帰国した途端、スゴイ拾い物だ。さて……」

「おやすみ」と髪を優しく撫でられると、静かな衣擦(きぬず)れの音が遠ざかっていく。

しばらくして耳慣れたパソコンの起動音が聞こえると、一緒にいてくれるんだ……と、胸に温かな安心感が広がった。

そして突然襲ってきた眠気に誘われるまま、花乃はスーと寝息を立てたのだった。


やけに静かだ。いつもと何かが違う。

予感めいた胸騒ぎに、目をゆっくり開いた。

何だかふわふわした気分で、とても心地がいい。

（……真っ暗？　――でも、綺麗……）

横を向くと枕元から見えるロマンチックな街明かりに、ふわんとした夢心地のまま見惚れる。

そのままベッドでウトウトしていたのだが、やがて喉が渇いてきた。

「よいしょっと、水は……」

ゆっくり起き上がると、視界に入るのは見たことのない部屋。いや、見覚えがあるような、ないような……

全身で感じる浮遊感に、花乃は自分が夢を見ているのだと思った。

（確か……こっちのテーブルの上に、お水のボトルが……）

頭に残るかすかな記憶を頼りに、危なげな足運びで移動する。ベッドルームから見えた居間のような部屋まで来ると、ソファー前のローテーブルにお目当てのボトルがあった。

求めていた水を手にして、ボトルから一口、二口、コクンと喉を潤す。

（ふわぁ、おいしい）

ほんの少しだが、平衡感覚が戻ってきた。

だけど頭はちゃんと働かず、足元もまだおぼつかない。部屋をボーッと見渡した目が、見慣れないものを捉えたような気がして、一度素通りしたソファーに視線を引き戻す。

なんと、そこには長年想い続けた一樹本人が寝ている。

（うわぁ……なんてラッキーな夢。あぁもう、寝顔も、スッゴクいい……）

色褪せない記憶の姿を、そのまま大人にしたスマートな容貌に、思わず見惚れた。

花乃は屈み込んで、その額にかかる柔らかな前髪を愛おしそうにかきあげた。

（やっぱり……すごい好き。なんて幸せ……）

初恋の人は、彼が高校生だった頃も言葉にできないくらい大好きだった。ましてやこんなに成長した大人の姿を見ていると、心の奥が一層深く震えてくる。

柔らかい髪を指先で梳きながら幸せ気分に浸っていると、目の前にある長い睫毛がゆっくり持ち上げられた。

綺麗な瞳が真っ直ぐこちらを向く。

「どうした？」

（うわあ、声まで深みがある……なんかクる――）

記憶に残る声よりいくぶん低めで深みが増した掠れ声が静かな部屋に響くと、胸をズクンと射抜かれた。

「……こんなところで寝てたら、カゼをひいちゃうわ……」

「ああ、気にしないでいい」

「……ダメよ、ベッドに……」

気のおけない懐かしい感覚が嬉しくて、心からの笑顔になる。

そう、夢だからこそ、わだかまりなく二人は普通に会話している。……そう思いつつ、我慢できず指先でその頬に触れてみた。

彼の温もりが肌を通し、心にまで伝わってきて、急にキスをしたくて堪らなくなる。

夢ならば、きっと――……

花乃は、「だが……」と言いかけた愛しい唇に、ゆっくり近づいてそっとキスをした。

「ん……」

一樹と交わす初めてのキス。なのに、ためらいはない。

柔らかい唇は離れがたくて、戯れるように甘噛みをすると、なんとも言えないしっとり感に心が舞い上がる。

花乃から突然仕掛けられたキスに、彼は驚いたように目を見張った。

その呆気に取られた顔が面白くて、悪戯っぽく彼の唇をぺろりと舌先で舐め上げる。

すると、その見開いた瞳が優しく和んだ後、長い腕に引き寄せられた。

「――分かった」

鼓動が跳ね上がると同時に、唇がそっと重なってくる。

彼からキスをしてくれた！

心が嬉しさでいっぱいになる。沸騰する前のお湯のように、ふつふつと小さな気泡が身体中から湧き上がってくる。

（あぁほんと、なんていい夢なの……）

温かい唇にウットリ目を閉じた。

こんな風に一樹とキスを交わすのを、ずっと……夢見ていた。

もっと触れたい。それにもっと触れてほしい。

じっとしていられなくて、身を起こす彼の首に腕を回すと、髪を弄（いじ）り深いキスへと誘い込む。すると彼は顔の角度を変えながら、花乃の要求に進んで応（こた）えてくれる。

もっと近くに……と擦り寄っているうちに、身体はいつの間にか彼に組み敷かれていた。

「う……ん……」

全身で感じる彼の重み。それが嬉しくて、堪（たま）らない。

体温が触れ合う幸せな感触に甘く酔いしれ、気持ちいい……と、何度もキスを交わした。

やがて二人は同時に唇をチュッと離し、しばらく見つめ合う。

（すごいこの夢、なんというありがたい過剰サービス……）

肌に感じる温かい体温。熱い息遣いや、ドキドキする心臓の音まで……なんて素晴らしいのだろう。

現実ではありえないと、花乃は有頂天になる。

想いを込めつつ見つめ返しても、最後の記憶のようにあからさまに目を逸らされたりはしない。

それどころか、目の前の彼は愛おしそうに微笑み返してくれる。

まるであの頃、二人だけで過ごした時間が戻ったみたいだ。

忘れもしない、この嬉しそうな表情（かお）――夢のまた夢だと分かっていても、愛おしさが溢（あふ）れて止まらない。

自分から会うことは決してない。そう思っていただけに、嬉しさと切なさで泣きそうになる。

すると彼は、おもむろに身体を離し立ち上がった。

（っ――！　やっぱり……夢でも去っていく、のね……）

突然消えたその温もりに、胸が痛くなる。仕方ないと諦めるしかない……

だけど、立ち去ると思われた彼は屈（かが）み込んできて、その長い腕で花乃の身体を抱き上げた。

そのまま、大きなベッドに運ばれる。

どうやら彼はまだ一緒にいてくれるらしい。

力強く歩みながら悪戯（いたずら）っぽい瞳で笑いかけられると、うわぁと全身が歓喜した。思わず昔のように「一樹さん」と愛しい名を呼んでしまいそうになる。

この至福の夢の中では、彼がなぜか自分を女性扱いしてくれている。

そしてこのまま夢を見続ければ、キス以上のコトまでしてくれるかもしれないと、淡い期待で胸が膨らむ。

たとえ幻でも、極上に甘い夢の中で、一度でいいから愛されてみたかった。

（だけど呼びかけたら、目が覚めてしまうのかも……）

ぼんやりした思考でそう結論付けた花乃は、喉まで出かかった声を呑み込む。

代わりに、やんわりベッドに下ろされると、彼の瞳を見つめて笑いかけた。どうしても彼に触れてほしくて、おずおずとすでにはだけていたバスローブの紐を解いていく。

「……なんて、可憐な花に――」

静寂な闇に秘めやかに響く甘い囁き。そのどうしようもなくセクシーな声に、身体中がゾクリと騒めいた。

（ああ、このまま……）

覚めないで、とわななないた途端に、目を細めた彼がローブを脱いで覆い被さってきた。

その引き締まった身体に赤面しながらも、待っていたとばかりに両手を伸ばす。すると彼は手を取って優しく握り締め、手のひらに顔を寄せるとチュッとキスを落とした。

丁寧なその仕草の中にも、彼の秘めた情熱が伝わる。

ドキンドキンと高鳴る胸は大きな手に包まれ、漏れそうになる声を誤魔化すように瞬きをした。だけど膨らみを優しく捏ねるように揉まれると、思わず「んん……」と艶っぽい吐息が漏れる。

彼は顔を花乃の胸に近づけると、ツンと尖ってきた蕾をそっと摘んだ。たちどころにジンときて、身体が大きく震える。

「……敏感だな」

胸元で響く、低く抑えた声。指の腹でキュッと先端を強く擦られると、ジリジリとくすぶる心の中まで、どろりと溶けた熱が浸透してくる。

堪らず「ぁ、ん……」と身体を震わすと、たちまち唇が重なった。わずかに開いた隙間から彼の舌がスルリと侵入してくる。いきなりのことに驚いたのはほんの一瞬で、すぐ夢中で舌を絡ませた。

(——お願い、たくさん触って……)

心からそう思える人とのキスは、煽るのも煽られるのも堪らなく気持ちがいい。

……もっと深くに、もっと奥まで入ってきてほしい。

口内を探り、舌を絡ませては、貪欲に貪ってくる彼が愛おしくてしかたない。

大きな手で胸や脇腹、背中まで優しくなぞられると、触れられてもいない足の間が熱っぽくジンジンと疼き出した。

抗いがたい衝動に突き動かされ、腕を回し柔らかい髪に指を絡める。

(あぁやっぱり、大好き……)

深いキスを繰り返すあいだに、彼の長い睫毛が軽やかに肌を撫でてくる。

そのかすかに触れる感覚がくすぐったい。

心はグズグズに溶け、身体はビクンと震えっぱなしで、口端から甘い唾液が溢れ出す。

すると彼は流れ出た唾液を美味しそうに舐めとり、そのまま流れを辿った。耳の後ろにまで舌を伸ばされて、熱い息が耳たぶにかかる。

「甘い……」

尖りをより強くクニクニと擦られて、甘く切ない刺激に身体がピクンと反応した。敏感な先端に熱い息がかかる。

（あ……）

恥じらった拍子によじれたシーツに指先が食い込んだ瞬間、甘い電流がピリリと背中まで駆け抜けた。

「ふぁっ……ん……ぁ……んっ……」

強く吸い付かれるたびに、まるで胸に芯が通ったみたいに中心が疼く。

無意識のうちに背中が反って、わずかに開いた唇からは、か細い喘ぎ声が漏れた。

「可愛いな、もう俺の印がついてる」

カプリと軽く噛まれて、一層色づく尖りは周りまで唾液まみれだ。

彼はそのまま胸に顔を埋めると、ピンと立った蕾を吸い続ける。ちゅく、ちゅくと淫らに響く水音に花乃の喘ぎ声が重なった。永遠にも感じる快感が、胸から波状に広がっていく。

甘く切ない息苦しさに、彼の頭を抱え、震える指先を柔らかな髪に埋めた。するとその動きに合わせるように、柔らかい舌で敏感な先端をさらに弾かれる。

「ふぅ……んっ……んんっ」

一際大きな快感が押し寄せてきた。身体が熱い――彼の頭をかき抱きながら身悶えする。

目尻も中心も濡れてくるのに、彼を求める心はますます渇く。

この、どうしようもなくウズウズする身体を彼で満たしてほしい……

追い詰められた花乃は、夢中で硬い身体に足を絡めて腰を押し付けた。

「……堪らないな」

彼も腰をぴったり押し付けてくる。

熱い塊に下腹部をグイグイと押されて、その熱さや硬さをモロに肌で感じた。彼はすでに何も身につけてはいない。けれど羞恥心以上に、その大きな手で最後の布切れを脱がされるのが待ち遠しい。

彼の悪戯な唇や熱い吐息、手で触られるどこもかしこも、すべてが気持ちいい……

ふと好奇心に促され視線をゆっくり下にずらすと、花乃の全身がカッと熱を帯びた。

「あん……」

足の間がずくずく大きく疼いて、思わず甘い吐息と共に艶のある声を漏らした。

「ん……いい声だ……」

彼は心から嬉しそうにフッと笑い、腰をゆっくり動かす。硬い彼自身をわざと花乃に擦り付けられると、その灼熱に触れてみたいという欲求が湧き上がる。

頬がみるみる紅潮するけれど、乙女の恥じらいもやはり好奇心には勝てなくて。花乃の中に入れてほしいとその存在を主張する屹立を、そっと手のひらで包み込む。

（すごい、熱くて硬い……）

滑りのよい先端部を、指先で撫でてみる。

濡れてくる感覚を楽しむように優しく触れていると、「そんなに煽るな」と抑えた熱い息が耳を掠めた。そして大きな手が足の間へと侵入してくる。

ひゃあ、そんなトコロを、と思ったものの、自分も彼の大事なトコロを撫で回しているのだ。ものすごく恥ずかしいと訴える羞恥心を無視し、勇気を振り絞って彼の指を受け入れるために少しだけ足を広げた。

身体はすでにヌルヌルに濡れそぼっている。

花乃はクチュ、クチュとはっきり聞こえてくる水音に、耳まで真っ赤になった。

優しく触れてくる指が蠢くたびに、甘い愉悦で身体が震える。温かい愛液がますます溢れ出る。

「ん、んんっ……ぁ……んっ」

ウズウズする胸の頂を再び唇に含まれると感じすぎてしまって、快感を逃がすように上半身をよじった。蜜口からはさらに愛蜜が溢れ、彼の指をぬらぬら濡らす。花乃の膨らんだ花芽をぬめった指先が何度かこすると、「十分濡れているな」と満足そうに彼が熱い息を吐いた。

（なんて、熱い目をしているの……）

敏感な花芽を弄られて身体を震わせる花乃の瞳をじっと捉える彼は、目を逸らすことさえ許さない。

そんな強い光を宿す瞳に魅了されていると、膝の裏を抱え込まれた。

そのまま身体を開かれ、思い切り押し広げられる。

「抱くぞ……」

「あ……っ……」

待ちきれないといった様子で、滑らかな先端が確かめるように、グチチュと蜜口に侵入してきた。

ググッとくる強い圧迫感と、いよいよ彼に……という興奮を抑えきれず、背中に回した指先に自然と力が入る。

(大丈夫、だって大好きな一樹さんだもの……)

そう思った瞬間、力がフッと抜けた。睫毛を震わせ自然と目を閉じる。

そして一気に身体を灼熱の硬直に貫かれた。

「っ……」

身体が灼けつくように熱い――！

鋭い痛みに悲鳴を上げそうになるが、本能的にダメッとすべてを呑み込んだ。

けれど、目尻からは抑えきれなかった一筋の涙がはらりとこぼれ落ちる。

「くっ、……こら、もう少しだけ緩めてくれ」

優しい手に頭を愛しむように抱えられ、指先で髪を撫でられた。

(よかった……涙はきっと、見られていない)

不意に、ポトッと素肌に滴り落ちてきた汗の雫で、彼にも余裕があまりないのだと花乃は本能的に悟った。

彼は低い声で、まるで宥めるように優しく名前を何度も囁いてくる。すると、痛みに堪え小刻みに震えていた身体から、ふうと力が抜けてきた。

「ああ、すごくいい……」

感じ入るように告げられると、とても嬉しい。彼が感じてくれている。

彼はすぐには動かず、深く入ったまま、ぐぐっと体重をかけてくる。

だけど、なんてリアルな夢なんだろう……挿入(いれ)られたままの焼けるような感触に、頭がぼうっとしてくる。

体内に居座る圧倒的な存在を意識させられ、そのせいでさらに感じてしまう。

だが花乃はすべてを受け止めた。

愛しい人に、今抱かれている——それだけで胸が一杯になり、嬉しくて泣きそうになる。

(一樹さん、一樹さん、大好き……)

心の中で繰り返し彼の名を呼んだ。

——痛かろうが、重かろうが、大好きな人に初めてを捧げて優しく抱かれる夢……

たとえ妄想だらけの夢の中でも、愛する人に情熱的に抱かれている。

こんなこと、現実では決して叶うわけがない。

だからこそ、本物のような破瓜(はか)の鋭い痛みにさえ感動を覚える。

(なんて素敵なんだろう……)

やがて彼が、ゆっくり腰を動かしてきた。

溢(あふ)れそうな涙を閉じ込めていた目を、そうっと開くと、そこには情熱を湛(たた)えた瞳が揺らめいている。

彼が自分を抱いて興奮している。そればかりか、愛おしそうにこちらを見つめ返してくれる。

心から満足していることがうかがえて、花乃も満ち足りた笑みが自然と浮かんだ。

言葉の代わりに彼を見つめる目に愛おしさを込め、汗ばんだこめかみに手を伸ばす。そして温もりある頬に触れつつ、濡れた瞳でふんわり笑いかけた。

すると彼の顔が急にアップになって、突如顔中に優しいキスの雨が降ってきた。

額（ひたい）に頬、目元にまぶた、そして鼻の頭までチュッと濡らされ、おまけとばかりに柔らかい舌でなぞって舐め上げられる。

最後に彼の唇がやんわり重なると、砕けんばかりにギュウウと強く抱き締められた。

そして、一気に奥まで突き入れられる。

「あっ……は……っ……」

慣れない身体に、鋭い痛みが再び走った。

すぐ抑えきれないといわんばかりの律動が始まる。勢いも激しく、深く浅く穿（うが）ってくる。

ズキズキと痛む秘所をかばう暇もなく、腰が砕けそうなほど延々と揺らされ続け、目の焦点が定まらない。

だけどそれは決して、乱暴ではなかった。

まるで長い間離れていた恋人に、もう一度自分を刻み込む……そんな情熱に包まれる。

甘美な攻めに、心も身体も囚われた花乃は細かく震えた。

波のようなリズムで腰を打ち付けられるたびに、身体の奥が痺（しび）れ痙攣（けいれん）が走る。

「あっ……ぁ……あぁ……っ」

「くっ、良すぎる、持っていかれそうだ……」

そうされるうちに、痛みはだんだん何か違うものにすり替わり、腰の奥がムズムズと疼いてきた。

花乃の腰が勝手に彼の動きに合わせ、わずかに揺れている。

やがてはその、引いては寄せるリズムに合わせ、大胆にも足を持ち上げ、腰を浮かせて彼を迎え入れた。

ズン、ズンと重量感のある突き上げが、繰り返し奥に届く。そのたびに、わずかな痛みと共に、目眩がするほどの快感が身体を走り抜けた。

(痛いのに、嘘みたいに気持ちいい……)

身体は痺れるように震えっぱなしで、痛いと気持ちいいが甘く混濁してくる。

二人の繋がったところからは、グチュ、グチュと恥ずかしい音が絶え間なく生み出され、さらに大きくなる。力強く突き上げられるたびに花乃の全身から溢れる、〝大好き〟がこぼれ落ちるようだった。腰を掴まれ雄々しい攻めを受ける中、彼が激しい呼吸の合間に自分の名を呼ぶのが聞こえる。

「花乃、花乃……」

まるで愛している、と告白されているみたいだ。

熱く荒い息が髪にかかると、ますます心が蕩け、快感に追い立てられていく。極みはもうそこまできていた。

(あ、ダメ、もう、だめ、こんなっ……一樹さん――っ!)

心の中で彼の名を呼び、すべてを委ね手放した瞬間だった。

身体中が感電したように、背中も腰も大きく震え極まりを迎える。

「あぁぁっ……」

無我夢中で腰をよじった。

そうしながら快感に耐え、シーツをギュウウと握り締めると、背中が反り返り、中がきゅううん、とうねるように締まった。

花乃の甘美な締め付けに、彼は腰を強く押し付け、味わうように硬い屹立（きつりつ）を奥深くまでグリグリと埋め込んでくる。

「これで、もう……」

（あっ、ん……っ）

奥に、温かい飛沫（しぶき）がドクドクと流れ込んでくる。

花乃の膣内（なか）が熱いほとばしりで激しく濡らされていった。

彼の情熱で潤（うるお）う初めての感覚に、また極まってしまい震えが止まらない。

（あぁ、もう幸せ……、夢とはいえ、一樹さんに丸ごと愛される、なんて……）

心からの悦（よろこ）びで、眦（まなじり）から幸せの涙が一粒こぼれ落ちた。

押し寄せる快感と感動で、心が充実感で満たされていく。

今の今まで、知らなかった。

好きな人に抱かれることが、どういうことなのかを。

まるで自分の魂の片割れを得たような、この至福の喜び……

興奮した意識の中、花乃の身体がフワリと浮いた気がした。

注がれた熱い精が、足の間からどろりと溢れている。生温かく、ぐっしょり濡れた感覚がしたが、花乃は目を閉じてグッタリとシーツの上に横たわった。

固く抱き締められたままの身体は、弛緩と気だるい感じに襲われ、今は指一本も動かせない。

薄れゆく意識に身を任せ、最後にそっと「好きよ……」と呟く。

そのまま魔法にかかったように、スーッと寝息を立てた花乃はぐっすり眠りについた。


シーツを引っ張られた――そんな感触になんとなく寝返りを打った後、妙な胸騒ぎがして、ぱちっと目を開けた。

すると視界に飛び込んできたのは、見覚えのある超イケメンの寝顔。

夢の続きかと一瞬、神様に感謝しかけた花乃は、腰にかかる大きな手の熱さにハッとした。

身体に巻きついている逞しい腕の感触――どうやらこれは現実らしい。

まだ夜明け前なのか部屋は暗かったが、隣で穏やかに寝ている男性が幻ではないことぐらいはさすがに分かる。

痛む身体に顔をしかめて、そうっとシーツを持ち上げれば、自分は真っ裸だ。ついでに、隣の彼も当然裸だった。

うわぁっと叫びそうになる声を、花乃は全力で呑み込んだ。

(ど、どうなってるのこれ……?)

ハテナマークが脳内で飛び交う。

なぜ昨夜バーで見かけた、あの人そっくりのイケメンと同じベッドで寝ていて、その上二人とも全裸状態なのか。

足の間は何かヌルヌルするし、その周りは何度もこすったように染みて痛い。内ももはものすごく乾いた感じがする。

それに身体を動かそうにも、腰にうまく力が入らない……

そっと周りを見れば、乱れまくったシーツに、絨毯に脱ぎ捨てられたバスローブが目に入る。

これは、どう見ても事後——つまり朝チュン状態である。

(あぁ！　どうしよう、絶対やらかしてしまった！)

ご丁寧にも、昨夜の記憶が断片的に蘇り、走馬灯のように浮かんでは消えていく。

花乃の全身からサーッと血が引いた。

まずい、まずい、まずいっ！

夢だと信じ込んでいたとはいえ、知らない男性とこんなことになるなんて……

(あぁ、でも、こんなにも好みの人に抱いてもらえた……)

花乃の人生における最大の非常事態なのに、現実逃避もいいところで、彼の寝顔を見つめると一瞬で喜びが溢れる。

これはダメだ……と焦る気持ちと、こんなに素敵な人と初めてを……という能天気さが程よくミックスされ、頭は即パニックになった。

だけど、とりあえずはベッドから退却。状況を把握しよう。

ぎこちない身体にムチ打って、温かい腕からそろそろと抜け出す。

腕はなんとか動くのだが、下半身と腰がガクガクして、情けないことに最後はほふく前進である。

時間はかかったが、なんとかソファーのある部屋まで退却できた。

(と、とりあえず、水を……)

ボトルに手を伸ばし、一口水を飲んで落ち着くと、ふとソファーテーブルに置かれている名刺が目に飛び込んできた。

『花鳥コーポレーション　アジア統括シンガポール支社長　天宮一樹』

本店と呼ばれる親会社の名前にも驚いたが、この名は確か最近目にしたばかりだ。

(あっ、今期うちに来る新社長!)

主任に頼まれて作ったIDの主と、同じ名前ではないか……?

そういえば、昨日のバーでも確かに彼は、『天宮さん』と呼ばれていた。

……ということは……

先ほど花乃を襲ったパニックは、今感じているこの大パニックに比べればカワイイものだろう。

フラリと倒れてしまいそうなほどのショックが、花乃の身体を走り抜けていった。

(私ってば、自分の会社の社長と……!?)

しかもだ。昨夜、彼は紳士的な態度でこのソファーで寝ていた。

それを真夜中にわざわざ起こし、しかもキスをして間違いなく自分から誘惑を仕掛けた。

彼もバーで飲んでいたし、二人とも酔っていたとはいえ、彼には昨夜見かけた綺麗な女性もいるというのに、なんということを……！

これはもう、やっちまったぜ、てへ程度の誤魔化しで済まされる問題ではない。

（……逃げようっ）

今すぐ遁走（とんそう）だ。彼が目を覚まさないうちに、ここから逃げ出さなければ。

自分さえここにいなければ、彼も酔っていたから夢だったと思うかもしれない。

花乃は血走った目で、服はどこ、と周りを見渡し、すぐに昨日シャワーを浴びたことを思い出した。

絨毯（じゅうたん）の上を四つん這いでバスルームへ這っていき、きちんと畳んである服を、身体の痛みに顔をしかめながらも大急ぎで身につける。

（どうしてショーツがないのっ？　ブラはここにあるのに！）

けれどどんなに周りを見渡しても、ブラとお揃いで買ったお気に入りのショーツは見つからなかった。

幸いスーツは仕事柄動きやすいパンツスーツだったので、思い切ってショーツは諦める。

なにせ彼が目を覚ましてしまったら、即アウトだ。

押し迫った事態に、そのままスーツを速攻で身につけた。

よし、とパンプスと一緒にソファーの横に置いてあったバッグを掴（つか）む。

後は全力でここから逃げ去るのみ。

転げるように廊下に飛び出した花乃だったが、幸い夜明け前なので周りには人影がない。

エレベーターに乗ってボタンを押すと、ホワンとした浮遊感がまだ辛い身体を襲ってきた。

だが、耐えなければ……このホテルを出るまでは、安心できない。

手に持ったパンプスを履きフロントに着いた花乃は、女優も真っ青の演技で堂々とコンシェルジュにタクシーを呼んでもらった。

実際はノーメイクのひどい顔なのだろうが、今はそんなことに構っていられない。

花乃はすぐに来たタクシーに乗り込み、急いで自宅の住所を告げた。

タクシーの後部座席にぐったりともたれ、落ち着かない胸を押さえながら窓の外をぼんやり眺める。

どこまでも続く街路樹の緑が視界に入ると、花乃の脳裏に、子供の頃にこの近くの公園によく足を運んでいた懐かしい記憶が蘇(よみがえ)った。

2　初恋の人

初恋の人、遠藤一樹に初めて出会ったのは、花乃が十一歳の時。場所は都内の図書館だ。

当時小学六年生だった花乃は、本棚に沿って本を物色していた。その時、一人の少年が視界に入った。

すらっとした長い手足に、本棚の上段にも届く高い上背。

すっきり整った目鼻立ちにスッとした優美な眉、そして意志の強そうな口元。

額にかかった茶色の髪は見るからに柔らかそうで、半ば伏せられた瞳は長い睫毛に縁取られている。

本を読むその姿に気品が漂う少年は、とても印象的だった。

着ている服は普通のパーカーとジーンズ。なのに、礼服やタキシード姿が簡単に想像できるほどだ。

（うわあ、なんて綺麗な男の人なの……）

当時の一樹はまだ成長期半ばの高校生で、男の人というよりは大人になりかけの少年だったのだが、小学生の花乃からすれば立派な男の人。

思わず見惚れた花乃は、心が奪われるというのはこういうことなのかと初めて理解した。

本棚にもたれて本を読んでいた一樹は、花乃の視線に気づいたのか、顔を上げた。驚いたように目を見張った後、「ああ、悪い」とばつが悪そうに笑い、すっと横に移動する。どうやら本棚の奥へ行きたがっていると思われたようだ。

彼が笑った瞬間、花乃の胸にその爽やかな笑顔が永久に焼きついた。

花乃は「いいえ、違う棚でした。ごめんなさい」と慌てて頭を下げ、そこから去った。

その日から、彼は図書館に来ているだろうかと、無意識にその姿を探すようになったのだ。

毎週姿を見せる彼は、花乃の顔を覚えてくれたようで、目が合うと目礼までしてくれるようになった。次に会えるかもしれない土曜が、ますます楽しみになる。

そうして半年近くが経ち、花乃は中学生になった。

憧れの一樹とはまだ言葉さえ交わせていなかったけれど、目礼を返す仲にはなっている。

彼は、女の子も交ざっている友達グループとよく一緒にいた。

多分、何かの勉強会なのだろう。喋っている内容をさり気なく聞いた花乃は、一樹の名前と学年を知った。

身長がすでに同年代の女子より高かった花乃は、見かけだけは彼らとそれほど変わらなかったが、彼は高二で自分は中一。この学年の差はやはり大きい。

花乃は黙ってノートパソコンを抱え直し、おもむろにそこから移動した。

そんな梅雨も明けたある日。

花乃が図書館の側にある公園のベンチに座り、持参したお弁当を食べていると、「隣、いいかい？」と後ろから優しく声をかけられた。聞き覚えのある声に、まさかという思いでドキドキしながら振り返る。すると、一樹が本を片手に立っていた。

「あっ……」

昼前に彼を見かけたことはなかったので驚いてしまい、手に持った箸からタコさんウインナーが滑り落ち、コロンと彼の足元に転がった。

「ごめん、驚かせて」

こうして、二人は初めて会話を交わした。そしてまるで昔からの知り合いのようにすぐ打ち解け、彼の友達が来るまで一緒に過ごした。

「美味しそうだね」

自作弁当を褒められた花乃は、思い切って「あの、よかったら」と勧めてみる。遠慮した彼は、「今日はおやつも持ってきてるので」とさつまいもマフィンも取り出した花乃を、目を丸くして見た。

「もしかして、これ、全部君の手作り?」

「はい」

花乃は笑顔で答えて、たくさんあるからとマフィンとおかずを弁当箱の蓋に置いて、彼に渡す。

「それじゃあ遠慮なく」

彼は嬉しそうに笑い、完食した。弁当の感想を聞きながらしばらく過ごしていると、彼の携帯が鳴り出し、彼は「じゃあ、また」と手を振って、友達と合流するために立ち去った。

翌週からは、持参するお弁当のおかずとおやつを念のため少し増やすことにした。

自分で料理するのは慣れているし、食費は親から十分にもらっている。

花乃の両親は、週末でも家にいることは滅多になかった。父は研究者、母は実家のスポーツ用品店の店員として働いていることもあるが、二人の夫婦仲はすでに冷え切っていて離婚まっしぐら。

母とは実は血が繋がっていない。花乃は父が浮気相手との間にもうけた子供で、四歳の時に引き取られたのだ。江戸っ子気質のさっぱりした母は、女の子も欲しかったと言って、ずっと面倒を見てくれた。ちなみに、浮気性の父は家にほとんど帰ってこない。

花乃には半分血が繋がった兄、総士もいるのだが、こちらも母と同じような性格で、花乃を普通の妹として扱ってくれる。だが、当時は母も兄も仕事や部活で忙しく、週末家にいることは滅多になかった。

だから花乃は、土曜日は朝起きると身支度をして洗濯機を回し、朝食とお弁当を作る。母の手を煩わせるのは申し訳なかったし、家の仕事は嫌いではなかった。食べ終わると掃除をして乾燥機を回し、お弁当と勉強道具を持って出かける。一人で家にいるのは気が乗らず、かと言って友達と遊ぶ気にもなれなかった花乃は、心安らぐ図書館で過ごしていたのだ。

そんな時に出会った一樹は、花乃の土曜日を特別な日に変えた。

週末が待ち遠しくなり、初めてお弁当を分け合った日以降は、彼と毎週お昼を一緒に過ごすようになった。


そうして夏が過ぎ、秋になり、落ち葉が降ってくる頃には、一樹と花乃は互いを名前で呼び合うようになっていた。

最初は「遠藤さん」と呼びかけた花乃に、彼は「一樹でいい」と譲らず、「一樹さん」呼びに落ち着いたのだ。

見た目は爽やかな貴公子で、物腰も柔らかい一樹だったが、案外押しが強かった。

促されて真っ赤になりながら初めてその名で呼びかけると、彼は嬉しそうに笑った。

「何だい、花乃？」

堂々と呼び返された時の照れくささと言ったら……今でもハッキリ覚えているくらいだ。

「花乃の料理は、ホント美味いな」

一樹はそう言って、花乃のお弁当を残さず完食した。嬉しくて笑いかけると、照れたように笑い返してくれる。初めは目が合うだけで心が浮かれたが、一緒に過ごすうちに気持ちはワインのようにじっくり熟成され、もっと確かなものに変わった。

だが、年が明けバレンタインも間近に迫ったある日。

このささやかな幸せは突然終わりを迎えた。きっかけは小さな出来事だった。

その日花乃は、せっかく作ったお弁当を家に忘れてしまい、兄の総士が部活に行くついでにお弁当を届けてくれることになった。図書館の前で兄を待っていると、一樹がちょうどこちらに向かって歩いてくる。花乃を見ると、ご機嫌な様子で挨拶をしてきた。

「花乃、おはよう、どうしたんだ、こんなところで?」

「あ、今日はお弁当を家に忘れてしまって」

そろそろかな？　と、携帯を取り出すと、一樹に「もしよかったら、番号教えてくれないか？」と聞かれた。

そういえばまだ連絡先を知らなかったと、お互い番号を交換した直後に、総士が向こうから歩いてきた。

「お前、せっかく作った弁当を家に忘れてどうすんだ？　まったくドジだな」

いかにもしょうがないなぁといった様子で注意された後、総士は隣にいる一樹を見て、不思議そうな顔で話しかけてきた。

「なんで遠藤がこんなところにいるんだ？」

「……化学部の部活さ。成瀬こそ、部活じゃないのか？」

「俺はこいつの忘れ物を届けにな。これ俺の妹、花乃。花乃、お前、遠藤と知り合いなのか？」

花乃が頷くと、総士は「さすが俺の妹、目が高いな。遠藤は俺と一緒の学校なんだぜ」と弁当の入ったカバンを掲げながら、からかうように肘で小突いてくる。

一樹と総士は一緒の学校だったのか。意外な繋（つな）がりに驚いてしまって、兄のからかうような調子にもうまく言い返せない。

そんな花乃から目を移し、戸惑った顔をしている一樹を見て、総士は楽しそうに笑った。

「ああ、こいつ、背が高いから同い年ぐらいに見えるけど、これでも中一だぜ、ピッカピカの一年生だ」

「中学生？」

「見えないだろう、二人で歩くとカップルに間違えられて、いい迷惑なんだぜ」

総士は一樹の明らかに驚いた様子に、ははは と面白そうに笑っている。そこにガヤガヤと男女のグループが近づいて来た。

「なんで、成瀬がこんなとこにいるんだ？」

「成瀬先輩、彼女いたのー！　図書館デートですかぁ？」

お弁当の入ったカバンを花乃に渡した総士を見て、同じ学校の友達らしき面々が興味津々（きょうみしんしん）でからかってくる。総士は「ほらな」と一樹の方を向いてうんざり顔をした。

「これ俺の妹、中一。俺の彼女は募集中だ」

そう言って笑うと、じゃあな、と駅の方に歩いて行った。

「成瀬の妹？　全っ然似てね～」

「中一？　うっそ～、見えな～い」

それぞれ珍しそうに花乃を見てくる集団が、図書館の入り口で騒いでいることに気づいた一樹は、「ほら行くぞ。花乃もまたな」と友達を促した。

翌週、一樹が公園のベンチに訪れた時には、数人の友人を伴っていた。そして彼は「今日も美味しそうな昼だな」と言って、じゃあと離れていく。

――それからは、常に誰かと一緒に挨拶だけをしに訪れるので、花乃が用意したお弁当を分け合うことはなくなった。しかも、花乃が彼に笑いかけると、笑顔は返されるもののすぐ目を逸らされてしまう。それ以降は二人きりで会う機会がなくなり、避けられていると悟った花乃は、チョコを渡すのを楽しみにしていたバレンタインも諦めた。

せっかく番号を交換した携帯にも、電話がかかってくることはなかった。

十二歳の花乃には、自分から好きな男の子に電話をかける勇気もなかったのだ。

それに……こんな風に会えるのも、あともう少しだけ。両親の離婚のため、とうとう花乃は父と一緒に都内を離れることが決まった。それが分かっていたので、一樹を待ち続けるこの習慣を変えることはなかった。

引っ越しの前週、花乃は勇気を出して、自分の誕生日でもある土曜に告白することを決めた。

そして、図書館に向かう途中の駅で、偶然彼が友達と話している会話を聞いてしまったのだ。

「成瀬の妹か？　……冗談だろ。まだ中学生じゃないか。それに、ハッキリ言ってタイプじゃない」

心にナイフがぐさりと刺さるが、人通りも多い駅の構内では涙を堪(こら)えるしかなかった。

だが、幸か不幸か、こんな風に別れを経験することには慣れていた。生まれた時は父に、その後は実母に、そして育ててくれた義母と兄とも別離が決まっている。

花乃が大切に思う人は皆、なぜか自分から離れていくのだ。

花乃は心に刺さったナイフを全力でソロソロと引き抜き、大人しく駅から家へと引き返した。

春の陽射しの中、そのまま家に帰り荷造りの続きをして、夜中に布団の中で散々泣いた。

受け入れてもらえない理由が年の差であれば、何年後にはなんとかなるかもしれない……そんな風に思っていただけに、タイプでないと言われたダメージはとてつもなく大きかった。

そして数日後、花乃は父の実家近くの千葉に引っ越した。その後は、一樹と会うことは二度となかった。

いくつもの季節が過ぎ、花乃が高校生になると、父が再婚した。居場所がなくなった花乃は、一人暮らしを始めた。生活費は年齢を誤魔化しバイトでまかなうことができたし、幸い花乃の年齢詐称を疑う人もいなかった。都内の大学に通うことになっても、東京は家賃が高いので結局そのまま千葉で一人暮らしを続けた。

大学生になり社会人になり、幾人(いくにん)かに言い寄られデートはしてみたものの、どうしてもその気になれず今日に至る。

いつまでも恋人ができない妹を不憫に思ったのか、兄には大学に入ったぐらいの頃から、いい奴を紹介してやると言われ続けている。だが、兄の知り合いだと色々と面倒なことになりそうなので、毎回好きな人がいるからと誤魔化した。

そして最近では育ててくれた母にまで心配をされ、結婚する気は今のところないと言うと、ハァ～と重いため息をつかれている。父はもともと干渉してこないし、再婚相手と暮らしているので疎遠である。

そんなカサカサに干からびた生活を送っていた花乃は、二十八歳の誕生日当日まで誰とも深い関係になることはなかった。

◆◇◆

久しぶりに我が身に降りかかった予想外の出来事に、花乃はふう、とタクシーの後部座席のシートにもたれ掛かる。

身じろぎをすると、クチュと足の間から昨夜の痕跡が溢れ出そうになり、慌ててお腹と太ももに、ぎゅうっと力を入れた。

安堵で胸を撫で下ろすものの、やっと正常に動き出した理性が安心してる場合ではないでしょ、と冷静に指摘してくる。

（そうだった、こんな状態ってことはもしかして……っ）

昨夜自分たちは抱き合った際に、避妊をしなかったのだ。

いくら一目惚れした人とはいえ、酔っ払って醜態を晒し、彼を誘惑したあげく、処女を捧げて最後は中出し……

花乃は思わず呻き、その場に突っ伏してしまった。

「お客さん、大丈夫ですか？」

運転手に心配されて、顔を手で覆ったまま「大丈夫です、ちょっと自己嫌悪中なので……」と答える。

信じられない失態だ。これが二十八にもなった大人のすることだろうか……？

断片的にだが、はっきり覚えている。確か指先に当たったプラスチックの小さな袋を、ええい、邪魔よとばかりに、ベッドからポイと放り投げた昨夜の自分を……

（だって、夢だって信じてたから、そんなもの要ると思わなかったんだもの……）

彼に抱かれたことは一ミリも後悔していない。嬉しくて顔がにやけるくらいなのだが、避妊をしなかったのは、痛恨のミスだ。

だけども、昨夜バーで天宮一樹を一目見て、ああ、この人が好きと思った。

初めて会った瞬間に恋してしまった。

こんな気持ちは、遠藤一樹と出会って以来だ。

情けないような、嬉しいような複雑な気分にどっぷりと浸っていると、「お客さん、着きましたよ」とタクシーが大きな門のある家の前で停まった。

そこは文京区にある大きな家で、花乃の仮の住まいでもあった。花乃はここで留守番のような住み込みバイトを、もう五年以上続けている。

キッカケは、就職も決まったある日、当時住んでいたアパートの大家に引っ越しの相談をしたことだった。大家の知り合いがちょうど管理人を探していると紹介され、引き受けてくれるならペットも可、バイト代まで出すと言われたので、快く引き受けた。大家の親戚である家主は、家が空き巣に狙われたり、不法占拠されることを恐れたらしい。たらい回しで転々と引っ越しを繰り返してきた花乃にとって、こんなありがたい話を断る理由はなかった。

その上、家は都内の高級住宅街の一軒家で、荒れているどころか新築状態だったのだ。

花乃はそれ以来ずっと、この家の管理をしている。今年も契約更新を済ませたばかりだ。

タクシーから降りるとホッと一息、門前まではなんとか気力のみで歩いた。が、門を潜った途端、倒れ込みそうになるのを門柱に掴まって踏みとどまる。ふと玄関口を見ると、ドア前に一匹のふわふわした灰色の塊がちょこんと座っている。ミャオと挨拶の声を上げた。

「……モップ、こんな朝早くから……はいはい、ご飯ね、ちょっと待ってて」

どこ行ってたんだよ～とばかりに、足元に擦り寄ってくる猫の背を、屈んで撫でる。

モップという名のこの猫は、花乃の飼い猫ではない。ある日、会社帰りに道を歩いていたら勝手についてきてしまったのだ。

最初にモップを雨の日の道路で見かけた時は、掃除の時に使う水拭きモップの先っぽが道路に落ちているのだと思った。灰色の少し長めの毛はベッショリと濡れてひとかたまりになっていたし、モップそのものにしか見えなかったのだ。

モップにご飯をあげようと立ち上がった拍子に、腰が嫌な音を立てた。「痛っーいっ」と思わず小さな悲鳴が漏れる。

（これはダメだわ、まともに歩けないわ……）

腰をかばいつつ玄関を開けると、モップは我が家に帰ってきたような顔をして中にするりと入った。そして、いつも餌が置いてある台所に上がり込んでくる。

靴下を履いたような四肢と、尻尾をピンと伸ばした後ろ姿を見ていると、ついつい頬がゆるんでしまう。お座りをして待っている上品な姿に和みながら、常備している猫缶の中身をモップ専用のボウルにあけた。

そうやって猫が餌にがっついている間に、花乃は自分の朝食も済ませる。いつものようにちゃぶ台でノートパソコンを会社に繋げると、冷静にシステム点検を始めた。

その側で、モップはこの家のペットのような顔をしてソファーで気持ちよさそうに丸まっている。

モップは餌をあげると、大抵フラリと出ていく。

首輪をしているので誰かに飼われているのだとは思うけれど、見るからにボロボロだし、名前も書かれていない。週に三、四回は玄関先で待っているので、第二の我が家扱いなのかもしれないと思っている。

ずっと幼い時から一人で過ごすことが多かった花乃は、ペットを飼うことに憧れていた。こうして偶然にも一軒家に住めて、モップがくつろぐ姿を見ていると、心がとても満たされる。
穏やかな気持ちで今日も点検を無事に終え、う～んと伸びをしかけて、慌てて途中で動きを止めた。身体中あちこちが、まだ痛い。これはもう、風呂に入ってひたすら休むしかなさそうだ。

「モップ、私ダウンするから、出る時は猫ドア使ってね」

ソファーに丸まっているモップに一声かけてからシャワーを終え、ベッドに倒れ込む。
そうして夢も見ず深い眠りについた。
寝ている間、どこかでスマホが鳴ったような気もしたが、こんこんと眠り続けた。

次に意識が浮上したのは、夕方近くだった。
お腹が減った花乃が居間に入ると、モップがソファーの上でのそりと顔を上げ、こちらをチラ見してまた丸くなった。我関せずと寝ている灰色の背中を撫でていたら、ちゃぶ台の上のスマホがチカチカ光り出す。
誰だろうと画面を確かめると、めぐみからの電話だ。

「もしもし、ごめん、寝てた」

『花乃？　やっと繋がった～、いやほら、昨日のこと謝ろうと思って何回か電話したんだけど、繋がんないから心配したよー』

「スマホ別の部屋に置きっ放しにしてた。ごめん何回もかけてもらって」

『いや、元気ならいいけど、昨日誕生日だったじゃない？　あ、おめでと』

「ありがとう」

『ホラ、誕生日は毎年落ちてるし、今日もチャットに上がってこないし』

「ごめんごめん、ちょっと体調悪くてね……」

さて、どうやって昨夜のことを言及されるのを防ごう。

思考を巡らしていると、会話の最中にピンポーンと玄関チャイムが鳴った。

「メグ、ごめん、誰か来たみたい」

『オッケー、とりあえず元気ならいいよ、またね』

「じゃあね」

ナイスなタイミングだが、こんな夕方に訪ねてくるなんて一体誰だろう。

インターホンに「はい」と応答すると、『俺だ。開けてくれ』と男性の声が返ってきた。

(え？　まさか、この声は……)

半信半疑のまま、玄関ドアをガチャッと開いた。

「やはり、起きていたのか」

そこに立っていたのは紛れもなく、今朝ホテルでおさらばしたはずの男(ひと)、天宮一樹だった。

夜明け前に全裸で置き去りにしたイケメン様は、今はスラックスとコットンシャツを着ていた。

そして、綺麗な瞳でこちらを真っ直ぐに見つめてくる。

——一体どうやって、花乃の名前や住所を調べたのだろう……？

疑問に思うものの、昨夜バーで見かけた上品なスーツ姿とはまた違った気品溢れる姿に、つい惹き寄せられる。ボタンを外したシャツから覗く男らしい鎖骨に、指先で触れたい。

だがしかし、視界に映った長い腕の先には、あまりにも意外な物が……

爽やかな貴公子はなぜか片手に、近所のスーパーのエコバッグを掲げていた。

「身体は大丈夫なのか？」

目を見開いたまま声が出せない花乃の足元にそれを置き、靴を脱ぐのもそこそこに慌てた様子で手を差し出してくる。

途端に身体に変な風に力が入ってしまい、花乃はよろりとよろけた。

「ダメじゃないか、そんな身体でウロウロしては……まだ、辛いだろう」

低い声が唸るように頭上で聞こえたかと思うと、逞しい腕にあっさり抱き上げられていた。

突然の急接近に、えっ？　とびっくり目で身体が固まる。

呆然とする花乃に、彼はまるで幼い子を叱るような優しい調子で、「目が離せないな」と笑いかけてくる。

イケメン顔が不意にゆっくり近づき、綺麗な額がおでこに柔らかく、コツンと当てられた。

「いや、全部俺のせいだな」

目を合わせてのいきなりドアップに加え、顔に彼の熱い吐息が……

ドキドキ、ドッキン。

（そんなに急に――）

なんの躊躇もない、唇まであと数センチの距離に鼓動は一気に乱れた。

恥ずかしくて心の中で身もだえをしている間に、彼は花乃をお姫様だっこした状態で廊下を進む。

ドアが開いたままの寝室へ入る際に「失礼するよ」と声をかけられたが、花乃は答えるどころではない。動けない身体を気遣うように、ゆっくりベッドに下ろされて、ようやく唾をごくんと呑み込んだ。

そして、やっとの思いでか細い声を絞り出す。

「まっ、待って、あなたは一体……」

あなたは一体、どうしてここに？

なにゆえ、こんなことを？

分からないことだらけで、それ以上言葉が出ない。

すると彼は、花乃の焦った声と困惑顔を見て、ピタリと動きを止めた。

「まさか、俺が分からないのか？　昨夜は名前を呼んでくれたのに……？」

イケメン顔が、信じられないといった様子から当惑に変わる。

（えっ？　名前を呼んだ……？）

そんな記憶はかけらもない。けれどもかなり酔っていたし、彼のいかにも気落ちしたその姿に、
慌てて痛む腰を無理に動かして起き上がった。

「あの、お名前は存じあげています。天宮一樹さん、ですよね……？」

「ああ、そうだ。どうしてそっちの……あぁ、名刺か……」

彼は綺麗な眉を寄せ、はあーと長いため息をついてそのまま何事かを熟考している。

花乃が困惑したまま声をかけようとすると、彼は真剣な目をしてこちらをじっと見つめてきた。

そして、手をそっと握られる。

「どうか驚かないで聞いてほしい。——君は覚えているだろうか？　俺たちは、ずいぶん昔に出会っているんだよ。俺は君の手作り弁当をよく食べさせてもらったんだが」

呼吸が一秒、止まった。

彼の言葉の意味するところは——……

（お弁当って、まさか、まさか、彼は……）

一目見て、まさしく初恋の人だと思った。

名字を聞いてからは、怖いくらいに酷似している……とも思ったが。

呼吸困難に突如襲われながらも、こちらをひたすら見つめてくる瞳に、花乃は喘（あえ）ぐような声で問いかけた。

「……一樹、さん……？　まさかあなたは、遠藤一樹さん、なんですか？」

すると彼は、花乃のか細い言葉を聞いた途端、嬉しそうに笑った。

血の気が失せだんだん青白くなっていく花乃の頬を、優しく撫でつつ、秘密を打ち明けるように囁（ささや）いてくる。

「そうだよ、花乃……覚えていたか、嬉しいよ」

彼のその一言で、もうすでにいっぱいいっぱいだった脳内キャパは、一気にメーターが振り切れた。

心の中で、ノォォーッ、と雄叫びを上げると、フラッと気が遠くなりかける。

ここで気絶できていれば、本当によかった。

だが、我ながらあっぱれな図太い神経は、誠に残念なことにそこまで繊細にはできていなかったのだ。

悔しいくらいに、頭はしっかりと目の前の現実を捉えている。

酔っ払った挙句のワンナイトのお相手は、勤め先の社長だっただけでなく、なんと昔キッパリ振られた初恋の人だった。

覚えているどころか、バッサリ振られた後も未練がましく、いまだこの人が忘れられなくて恋人もロクにできない日々を送っていたというのに……

十五年目にして、ようやく好きかもと思えた男性が、巡り巡ってまたもや彼だったなんて。

まるで順調にゴールへと一歩一歩進んでいた人生ゲームで、いきなり『振り出しに戻る』カードを引いてしまった気分だ。

一方で、一樹は目を細めながら、まるで小さな子を労うように花乃の頭をよしよしと撫でてくる。

その爽やかな顔を、花乃は呆然と見上げた。

すると今度は「……初めてだと分かっていたら、もっと優しく……すまない」と呟くように許しを乞われる。

(あっ、うそ……、気づかれてた)

鼓動がまた、大きく跳ねる。

彼の口からポロリと出た言葉に、内心で大いにうろたえた。

昨夜は酔ってはいたものの、この恥ずかしい事実には気づかれませんようにと、自然に振るまったつもりだ。なのに、まともな交際経験がない女だとバレてしまっていただなんて……。今さらだけど、恥ずかしすぎる。

「これからは仕事場も一緒になる。よろしくな」

そんな花乃の心の動揺に気づかぬ彼は、目が合うとニッコリ笑いかけてくる。そして、ひどく満足げな顔で立ち上がった。

(あ、待って……)

「あの、えっと、どこへ行くんです？」

花乃は、とっさに彼に問いかけていた。

すると彼は、何でもないことのように答える。

「ああ、そんな身体では夕食が作れないだろう。罪滅ぼしと言ってはなんだが、買い物してきたから、ちょっと待っておいで」

そう告げると、さっさと台所の方に向かって行った。

口を挟む間もなく背の高い彼の姿が消えたドアを、花乃はしばらく呆然と見つめる。

(ええーっ、本当に彼が、一樹、さん……？　いや、それよりも、どうやってここが？　それに名字が……)

ああ、ダメだ、焦ると頭がますます混乱してくる。

いつもは、もう少し働いてくれるおミソが、今はちゃんと仕事をしてくれない。

確かに彼を一目見て、あの一樹さんに似ていると思った。けど、人違いだと思っていただけに目の前で本人だと宣言されると、思いがけなさも加わって衝撃が大きすぎる。

こういう時はあれだ、瞑想だ、頭を空っぽにするのだ。

スー、ハー、と大きく深呼吸をしていると、少しばかり過剰ぎみだったドキドキが落ち着いてきた。

とりあえずは順序立てて、肝心な事柄を考えていく。

昨夜のことはすでに起こった出来事であり、今さら過去は変えられない。

なぜに我が社の社長が、よりによってあの人なの！　という歯痒(はがゆ)い思いはもちろんある。が、それよりも、まさか勤め先の社長とこんなことになるとは思いもしなかった……

この点はもう反省しまくりである。お酒って恐ろしい。当分は控えようと固く決心をする。

ひとしきり反省したところで、今度は現在の状況整理だ。

（――そうか、名刺かぁ……）

あちらもバッグに入れてあった名刺を見て、こちらに気づいたのかもしれない。でも、どうやって自宅住所が……？

そこまで考えてから、ハッと思い出した。昨日作成したＩＤが、最高権限のものであったのを。

あれを使ってログインすれば、人事情報などもちろん簡単に閲覧できてしまう。

昨夜が初めてだったということもバレているようだし、昔の知り合いである花乃の身体を心配した彼は、様子うかがいにここを訪れたに違いない。

（……それで、あの『すまない』という謝りの言葉と、お詫びの介護に至るわけね……）

こうやって冷静に論理立てると、だんだん彼の言動が理解できてきた。

そういえば、昔も秋冬の寒い日はベンチでカイロを渡されたし、温かい飲み物やのど飴も分け合った。あの頃はそんな彼の気遣いにいちいち舞い上がってしまったが。

思わず、はあ〜、と重いため息が漏れる。

時を経ても変わらない、彼のあまりにも優しく甘やかすような言動に、また惑わされるところだった。これからは勤務先が一緒だと思うと、何だか嫌な予感しかしない。

（これはもう、逃げの一手かな……）

社長なんて雲の上の人だし、直接関わることはないだろう。

なるべく顔を合わさないようにすることは、そんなに難しくないはずだ。とりあえずはそこまで思考が進むと、今日はひたすら大人しくしていようと決意した。

こうなったらもう、開き直る。彼に気の済むまで介護をさせれば、彼も酔っていたとはいえ、昔の知り合い、それも処女を抱いてしまった自責の念にかられることもなくなるだろう。元気なところを見せれば、それほど構わなくなるに違いない。

そうと決まれば……と、まだ疲れの残る身体の命じるままベッドに横になった。

（……私、一樹さんに抱いてもらえてとっても嬉しかったから、十分に幸せなんだけどな……）

十五年ぶりに会えた興奮や幸せな気持ちは、彼の動機と悲しい未来に、ドスンと蓋をされた。彼はすぐ去って行くだろう。

もう少しだけ一緒にいたいという小さな願いを心の底に沈めると、さらに小さな隙間に押し込める。

そんな花乃の複雑な気持ちに呼応するかのように、一樹は夕飯を作ると、今日はこれで帰ると言う。

だけどどうしても聞かずにはいられなくて、花乃は帰りがけの彼に声をかけてみた。

「あの、一樹さん、名字はどうして……」

「ああ、親族の家に養子に入ったんだよ」

「そうなんですか……」

「明日また様子を見に来るから、玄関にあった予備の鍵を借りていくぞ」

優しい彼のことだから、多分こうなるんじゃないかと思っていた。諦め混じりにベッドから彼を見送る。

そして、ふう、と今度は安堵の吐息を大きく漏らした。

先ほど彼の薬指を見たが、結婚指輪ははめていなかった。――彼はまだ結婚していない。その事実を喜ぶ自分自身に、心底呆れながらも。

(昔一緒に過ごした時も、家族の話題は避けたのよね。何か事情があるというのが二人の暗黙の了解だったし)

だから、もうこれ以上彼のことを詮索するのはやめようと思った。

これまで、彼の形跡を追ってみたいという衝動に駆られたことは何度もある。

だけど、人には知られたくない事情が一つや二つはある。

中学の時はパソコンを睨(にら)みながら彼断ちをして、都内に出る時は場所や時間には極力気をつけていた。いつも彼と会っていた図書館や兄の学校の最寄り駅には、絶対に近寄らず、携帯に登録された彼の番号もブロックした。彼と連絡する気などなかったし、万が一でも声など聞いてしまえば、忘れることなどできるわけがない。メッセージも然(しか)りだ。

大体のことにおいて執着心のない自分が、ずっと彼一人を想い続けている。

これはいわゆる、一生に一度の恋なのだろう。

振られた当時はまだ多感な年頃ではあったが、彼への想いは普通ではない、思いっきり重い、と自覚していた。

だからこそ、彼が希望していた都内の大学とは違う大学を選んだりもした。

そこまで気をつけていたのに、就職して何年も経った今、こんな出来事に見舞われるなんて……

世の中には、とんだ落とし穴が存在するものだわ、とまた重いため息をひとつ。

(……まあ、もうすでに住んでるところまで把握されてしまってるのだし、とにかく早く身体を回復させるしかない……わね)

これは彼を好きすぎる自分の問題であって、彼のせいではない。

彼だって、昔知り合いだっただけの女に十年以上も慕われ、その上また一目惚れされたなんて気味が悪いに違いない。執着心まみれのこんな想いは普通から逸脱していているのだし、悟られないようにしなければ。でないと思いっきり引かれてしまう。

今は懐かしく思ってくれているようだし、これ以上関わりを持たなければ彼は自然と離れていくはず。そうしてまた、平和な日常生活に戻る。

花乃はその結論にたどり着くと、さっさと寝ることにした。

こうして再会二日目の夜は、酔っていた一樹に一人の女性として愛してもらえた幸せな記憶を密かに噛み締めながら、静かに眠りについた。

◆◇◆

（そろそろ、帰宅できるかしら？）

終業時間が迫る頃、さり気なくスマホで時間を確認した。

小さくため息をついて画面をスクロールしていると、部下の高田が目ざとくも面白そうに声をかけてくる。

「成瀬王子、また問題発生ですかっ？　勘弁してくださいよ～、もう終業時間ですよ」

「……システムの稼働速度が、ちょっと落ちてるみたいね。サーバーのチェックもしてみましょう」

高田はマイペースな性格だが、たまにこちらのムードを正確に読み当ててくる。

任せた案件が行き詰まりかけ、花乃が介入を検討し始めると、この男は絶妙なタイミングで「お願いします」と頭を下げてくるのだ。その上ぬけぬけと「だってほら、時間がないでしょ」という態度である。仕事はできるが、超がつく面倒くさがり。高田は花乃がスマホを睨みながら返した言葉に、やはりめんどくさそうな顔をした。

「このままだと、コールセンターにも支障が出るわよ」

問題点をあげると、ああ、と納得したようだった。

「それは困りますね。居残りは勘弁です。ここはやはり頼りになる王子に、ささっと対応してもらって――」

「何を言ってるのよ。あなたもそっちのモニターからチェックして。余計な負荷がかかってるプロセスは、どんどん切ってちょうだい」

「ええ～、僕は王子ほど男らしくないので、勝手に切る判断なんてとてもできませんよ」

部下の言葉に、花乃はサーバーラックの前に移動しながら呆れた声を出す。

「男らしいって、一体どこがよ……？」

「だって、王子の服装って、いっつも茶色かグレイのパンツスーツじゃないですか。スカート穿いてるの、見たことないです」

「失礼な。これでも一応、分類学上はヒト科ヒト属、性別はめすに含まれるんですからね」

「時々、疑問なんですが……」

「上司に向かってなんてことを」と答えると、「ほらね、そうやって、僕のセクハラ発言を軽く流せるあたりですよ、その上ちゃっかり仕事は終わらせるし」と言い返された。

ネットワーク機器のケーブル配線に詳しいぐらいで、何で男性扱いなんだろう。

これだから面倒くさがりは、と思いながらラックの上部に手を伸ばし、ジャックを差し込む。自分より目線が心持ち下にくる小柄な男を、「ほら、できたわよ。さっさとチェック始めて」と促すと、「はいはい、今行きます」と高田は足元に転がっているものを片付け出した。

口には出さなかったが、こんなクーラーがガンガンかかったサーバ室でそんなポロシャツ一枚で平気なのは、男性ぐらいよ、と思ってしまう。

ふと、引き寄せられるように手元のスマホを眺めた。花乃が先ほどからスマホを気にしているのは、実は終業時間のせいだけではなかった。

(――一樹さんってば、連絡できないのは困るって言うけど、どうして連絡する必要があるのよ？　昔から時々妙に押しが強いんだから……)

昨日、花乃は長年ブロックをかけていた彼の番号を、彼に解除させられた。

夕方になり再び見舞いに訪れた一樹は、どうしてスマホが繋がらないと追及してきたのだ。

『……知らない番号や古い番号は、念のためブロックしていますので』

『そうか。だが、俺の番号は今すぐ解除するよな？　もう誰の番号か分かってるんだから』

彼の番号など知らない方がいいのだ、きっと――そう思いながらも、長年登録してある番号を、機種を変えても今まで消去できなかった。それにしても、十五年経っても同じ番号を使っていることには驚いた。

『――はい。分かりました』

長い腕を胸の前で組んで、当然のように解除を待つ姿に、花乃は仕方なくその場でブロックを解いた。そうしたら今度は、試しなのか一言だけメッセージが送られてきたのだ。

『花乃、おやすみ』という短いメッセージが。

いきなりのことで花乃はびっくりしたが、まあ挨拶ぐらいは普通のことだと思い、『おやすみなさい』と返信したが――

（あれから何度かメッセージが来たけど……知らなかった。一樹さんって結構マメだったんだ……）

初めて知った意外な一面に、花乃も初めは思わず含み笑いした。仕事は別として、コミュニケーションに関しては割とルーズな自分には真似できないと感心もするが、彼から送られてきた短いメッセージを、こうして何度もチェックしてしまう自分に、思わずため息をつきたくなる。

たとえ会社が一緒でも、直接のやり取りはないと思っていたはずなのに……

だけど、まさか彼に向かって「必要以上に、構わないでください」などと言えるわけもない。何と言っても、彼はこの会社の社長なのだ。

それに本音を言うと、彼からの連絡はどんなものでも嬉しい。まあただの挨拶だから、たぶん彼は気にもしていないだろうけど。

そうして仕事を終えて帰宅し、明日も早番だしとスマホを片手に部屋に向かいかけた途中で、ピンポーンと玄関チャイムが鳴った。

外はとっくに暗くなっている。いつも訪ねてくる某テレビ局の集金訪問にしては遅すぎる時間だ。こんな時間に一体誰？　と思いながら「はい」とインターホンに応答した。

『花乃、まだ起きてるか？』

（え、一樹さん……？）

確かにまだ就寝するには早いが、一人暮らしの女性を見舞うにしては微妙な時間である。

どうしたんだろうと、ガチャッとドアを開くと、存在感のあるスーツ姿の一樹が立っていた。彼はやはりスーツもよく似合う。

内心で見惚れた花乃の肩を引き寄せると、一樹は優しく髪を撫でてくる。

「よかった、まだ起きてたな」

「……一樹さん、まだ九時前です……」

まったく。この人は一体、私をいくつだと思っているのだろう……

「今夜は遅くなってすまない。接待で来るのが思ったより遅れた。花乃、具合はどうだ？」

詫びの言葉と共に、彼の手に握られていた細い包みが差し出される。

それは、箱に入った一輪の赤いバラだった。

少しピンクがかった赤い色で、可愛らしい感じのバラだ。

漂（ただよ）ってくる甘い花の香りに、花乃は思わず微笑む。なんて素敵なお見舞いなんだろう。

花乃は実は乙女チックな趣味で、小さくて可愛いもの……特に花柄が大好きだ。

自分には似合わないと分かっているので、可愛い柄を身につけるのは見えない下着などに限定しているが、家で使うタオルや、ベッドカバーなどは淡いピンクやブルー、緑などファンシーな花模様のものばかりだった。

「ありがとうございます、すごく可愛らしいですね」

素直に感想を述べると、花乃の身体が不意にフワンと浮いた。

え？　と思った時には腰に長い腕が巻きついていて、ずんずんと寝室に運ばれていく。

「あ、あの、一樹さん……？」

担がれたままベッドにそっと下ろされ、あっという間に身体を掛け布団で包み込まれてしまう。

「そんな格好だと寒いだろう」

そう言う一樹を困惑顔で見上げると、悪戯っぽい瞳で鼻の頭を軽く摘まれた。

「な、何をするんです」

「花乃、俺は今日、本店に丸一日出社した。だが明日からは、金曜まで半日出勤にしてある。休暇を消化しろと言われているし、住居の準備や荷物の受け取りといった作業があるからな」

「……そうですか、確か、正式な出社は来週の月曜ですよね」

「ああ、花鳥ＣＲＭシステムには月曜から出社予定だ。だがその前に、本店で引き継ぎが色々あってな。今週一杯はそちらに出社する」

「なるほど」

布団から顔を出した状態で頷くと、ゆっくり髪を撫でられた。

「明日は夜時間が取れるから、よかったら一緒に夕食をとろう」

「あの、体調のことでしたら、今日一日でほぼ元に戻りましたので……」

私のことはお気になさらず、と言いかけたところで、また鼻を摘まれてしまった。

「まだ本調子ではないだろう。無理をするな。明日は迎えに来る」

本音を言えばとても嬉しいが、スマホのブロックも解かれてしまったし、できればこれ以上関わりを持ちたくない。

「本当にもう大丈夫ですから。夕食など気にしなくていいですよ」

「いや、話したいこともあるしな。それに俺も久しぶりに、ゆっくり誰かとディナーを楽しみたいんだ」

（ああ、そうか、日本に帰ってきたばかりだった、この人。……もしかして、すぐに会える知り合いが少ないのかしら……？）

以前見かけた綺麗な女性がチラッと頭を横切ったが、そうは言っても、まさか「一緒に食事してくれるお友達もいないんですか？」と聞くわけにもいかない。

思いがけないところで押しが強くなるのは、ホント相変わらずだ。まあ、自分は昔からの顔見知りだから、気軽に誘えるのだろう。そう思い、頷いた。

綺麗な瞳がそのままこちらを真っ直ぐ見つめてくる。

「花乃、おやすみって言ってくれないか？」

ズクン、と腰の奥が疼いた。

掠れたような低いセクシー声での懇願に、身体中が粟立つ。唇は自然と動いていた。

「おやすみなさい、一樹さん」

「おやすみ、花乃。良い夢を」

電気を消して部屋を出ていく背の高い後ろ姿を、花乃は見送る。

彼が去った後に、ベッドの中でくるりと向きを変えると、枕元に置いてあるバラに手を伸ばした。

新鮮な花の香りに顔が綻(ほころ)ぶ。

（なんて、綺麗なの……）

貴公子みたいなあの人には、バラがよく似合う。

しばらくその華麗な花を暗闇の中で飽きるまで眺めていたが、やがて身体を起こし大きめのマグカップにバラを生け直した。

暗闇でもウットリ見惚れるほど可憐(かれん)な花に満足げに頷くと、ベッドで再び横になる。

こんな彼の気まぐれが、いつまで続くのかは分からない。

だけど続く限りはその優しさに甘んじよう。

誕生日の夜に甘く愛された記憶と共に目を瞑(つぶ)り、花乃はこのバラを自分の宝物にすることに決めた。


「へえ、この花びらをプリザーブドフラワーにするわけ？」

カウンターに載せたのは、小さくて可憐(かれん)な宝物たちだ。

昼休みにわざわざ訪ねた親友のめぐみは、それを見て不思議そうに聞いてくる。

めぐみは、花乃が都内の女子校に通っていた時からの幼馴染(おさななじみ)だ。

結婚前のフルネームは中田(なかた)めぐみ。名字が『中田』と『成瀬』で出席番号が近く、小学一年生の時に席が隣になって以来の友達である。

引っ越しで転校した中学一年の終わりまでは、ずっと同じクラスだった。野良猫人生の自分には珍しく、彼女とは東京を離れても連絡が途切れなかったのだ。

「そう、できる？」

「できるけど、何でわざわざ花びらなのよ、これってバラの花びらよね？」

「できたら、樹脂で固めて保管するから」

「へ？　いやまあいいけど、何で花全部にしないの？　これだけ鮮やかな花びらなんだから、元のバラってものすごく綺麗なんじゃないの？」

「いいの、バラ自体は枯れるまで飾っておくから。花びらは記念に取っておきたいだけなの」

めぐみは渡された三枚の花びらを珍しそうに眺めていたが、やがてニヤリと笑いかけた。

「朝の五時に『金曜日の落とし前、つけてもらうわよ』ってメールが来た時はビビったけど、なんか訳ありっぽいわね」

「聞いても、無駄よ」

「つか～！　これだから王子様は、口が堅いったら」

「そんなことより、貴重な昼休み潰してるんだから、サッサと仕事してちょうだい」

「……店まで押しかけておいて、何という言い草……横暴！」

「いいじゃないの、客に向かってそんな顔してると、〝花屋の看板娘〟が台無しよ」

ここは、花乃の会社近くの地下鉄の駅から二十分足らずのところにある花屋である。

小さな頃からメグと呼んでいる親友の副業は、実家の花屋の手伝いだ。本業はグラフィックデザインの仕事の下請けをしている。

一樹から贈られたバラをずっと保管できるようレジンアクセサリーにしようと決心して、花乃は今日わざわざ昼休みを長く取って訪ねた。

そんな友をめぐみは、珍しい動物を見るような値踏みの目で見てくる。

「珍しいわね～、事なかれ主義の花乃が、こんなにこだわるなんて」

「どれくらいで仕上がる？」

「一体誰から贈られたのよ、こんな高級そうなバラ」

可憐な花びらを好奇心もあらわに手に取って、めぐみはニヤニヤしながらこちらを見てくる。投げかけた質問を全然聞いていない……そんな親友に呆れた花乃は、さっさとここを立ち去ることにした。

「じゃあ私、仕事があるから、よろしくね」

「えっ？　ちょっと、もう行っちゃうの？」

「昼休み抜けて来たんだから、時間ないの……できたらメールしてね」

ニッコリ笑って手を振ると、後ろから怒鳴り声が追いかけてきた。

「もう、サッパリしすぎよ！　執着心ないにもほどがあるんだからねっ、そんな笑顔見せても、騙されないわよっ。そのうち絶対吐いてもらうから～っ！」

店先で叫ぶ声を後に、花乃は駅へと急いだ。

めぐみの結婚相手は野沢(のざわ)というのだが、初めは花乃が彼に誘われてデートをしたのである。だが二回目のデートでたまたま出会っためぐみと引き合わせると、あっと言う間に二人は惹かれ合ってしまった。通信機器会社の営業マンである野沢とは、仕事を通して誘われたのだが、『話がある』とわざわざ二人で話をしに来てくれて、散々『ごめん』『すみません』と謝られた。

そこから二人の仲は急速に発展し、電撃結婚に至ったのだ。

イタリア人の父を持つめぐみは小柄だが、目鼻立ちのはっきりした美人だ。すぐにちょっと熱くなる性格も可愛い。

野沢と一回目のデートに行った時から、いい人だけれどそれ以上は……と思う程度だったので、気にしないでいい、と花乃は快(こころよ)く二人を応援した。

今でも二人はお似合いのカップルだと思っている。

『出会ってすぐにピピッときた（注：めぐみ談）』という夫婦をちょっぴり羨(うらや)みながら、花乃は電車に揺られて会社に戻った。

その日の夕方。花乃は、会社帰りの駅のホームでドキドキしながらスマホを持って立っていた。

今夜は一樹が花乃の家まで迎えに来て、二人で出かけることになっている。

一樹には会社まで迎えに行くと言われたが、早番の花乃の終業時間が早く、その上何か問題が起きた場合は居残りになるので時間が読めないのもあって、結局こうなった。

そして花乃は初めて、自分から一樹にメッセージを送ることにしたのだ。

『一樹さん、今終わりましたので、あと二十分ほどで家に着きます』

たった一文をスマホに入力する手がわずかに震える。

十五年前とはいえ、彼とは毎週、それも一年以上の期間会っていた。加えて先週末からは毎日顔を合わせているし、彼の優しい人となりは十分分かっている。

けれども、長いようで短い彼との付き合いの中で、自分からは一度も連絡を取ったことがない。

彼から来るメールの返事は、割と冷静に送ることができたけれど……

（迷惑だと思われたら……どうしよう。……でも、帰宅時間が早くなったなら、知らせるべきだよね？）

誰かが家まで迎えに来る、という経験がないので、花乃は迷ってしまう。

だが結局、エイッと送信ボタンを押した。するとすぐに、ブブッと新しいメッセージを受信した音が聞こえた。

恐る恐るタップして、手にしたスマホを食い入るように見つめる。

『早く帰っておいで。家で待ってる』

（家で待ってる……あぁなんていい響きなの……）

花乃の家ですでに待っているかのような彼の温もりが感じられる返事に、ジーンときた。それに、素早いレスポンスも嬉しい。

花乃はいつもの家路をウキウキとした気分で歩いた。

この辺りは学生街で、まだ早い時間だからか若者たちがあちこちでたむろしている。制服姿の中には昔、兄が通っていた高校のものもチラホラ見えた。

その中を花乃はヒールを鳴らして進みつつ、腕を組んでいるカップルを目にすると思わず微笑む。

恋の力は偉大だ。

一樹と再会する前は大して注意を払っていなかった景色が、まったく違って見える。

たとえ片思いでも、好きな人に会えるというのは日常にメリハリが出てくるものらしい。

「一樹さん……？　――お待たせしましたっ」

門を開くと、すでに玄関ドアに寄りかかっている彼の姿を認め慌てた。玄関先でこんな声を張り上げるなんて慣れなくて、声がちょっと裏返ってしまったが。

「おかえり、花乃。お疲れ様」

「ミャオ～」

にこやかに出迎えた、コットンシャツの似合う貴公子様の胸には、とっても満足そうな猫の姿が……

「一樹さん……それ、一体どこで拾ってきたんです……？」

花乃は動揺のあまり、プルプル震える手で彼の胸で目を細めているモップを指差した。

「玄関先でお座りして待ってたけど、花乃の猫じゃないのか？」

（モップ！　この、裏切り者～っ）

「違います！　モップ～、あなたっ、私には抱っこさせてくれないくせに……」

「はは、そうなのか？　普通に大人しいけどな」

「一樹さん、ちょっとそれをですねえ、私に寄越しやがれ、です。こんのお～」

この一年餌代を払った分ぐらいは、抱っこさせてくれてもいいじゃないかと近づくと、モップはササッと逃げ出した。

「こらあ！　この裏切り者っ、餌代削るわよっ」

「ハハハッ、花乃のそんな顔、初めて見た」

花乃は振り上げた手を慌てて下ろすも、時はすでに遅しだ。

お腹を抱えククと笑いっぱなしの彼に釣られ、苦笑いが漏れる。

「ヒドイです、一樹さん！　そんなに笑わなくても――。乙女心が思いっきり傷つきました……」

拗ねたように言い返すと、綺麗な瞳が悪戯っぽくきらめいた。

「そんな可愛い顔で言っても、全然説得力ないな」

「っ――、一樹さんは、全っ然紳士じゃありませんっ」

ツンとそっぽを向くと、あっと言う間に抱き締められて眦に唇が降りてくる。

「ほら、仲直りだ、そんなに可愛く拗ねたら、今すぐここで襲うぞ」

身体に巻きついた腕に、ギュウと力が込められた。

ええっ!?　と目を見開くと、熱い目が見つめ返してくる。

けれどそれは、ほんの一瞬のこと。

パチンと瞬きをしたら消えていて、代わりに悪戯っぽいままの瞳が近づいて、おでこにチュっとキスをされた。

「冗談だ。それより、一時間ほどしたら迎えが来る。着替えなくていいのか？」

「は、はい……」

飛び出しそうになった心臓を、急いで元の位置に押し戻す。また子供扱いされた。

（冗談、だったのね……）

熱い、射貫くような目。瞬時に消えたあの表情は、普段の貴公子然の彼とは全然違う。

なんだろう？　まるで獲物に飢えた狼のような鋭い目だった。

だが今は、そんな気配などまるで感じさせない。なんだか狐につままれたような気分だ。

それよりも急がねばと支度を整え、リビングに入っていくと、ピンポーンとインターホンが鳴る。

一樹に促（うなが）されて外に出た花乃を迎え出たのは、キチンとした制服を着込んだ運転手だった。

高級車の後部座席ドアを丁寧な物腰で開けられて、花乃はちょっと驚いた。食事にはてっきりタクシーで行くと思っていたのだ。

花乃の後にゆったり乗り込んだ一樹は、運転手を紹介した。一樹の専属車であることに、花乃はさらに驚いた。

「ハイヤー出勤だったんですね……」

「ああ、この人はベテランだ。道にとても詳しい」

運転手付きの車にいかにも慣れたその様子を盗み見しつつ、花乃は密かにため息をついた。貴公子のようだとは思っていたけれど。まさかそれを地で行く人だったとは。

自分の知らない世界の住人が、こんな近くにいたのか。

内心ビックリのままの花乃がスマートにエスコートされ連れて行かれたところは、目を引く洋館だった。ツタの絡まる一軒家という感じのフレンチレストランだ。ディナーには少し早い時間だが、素敵なコテージ風ガーデンに快く案内され、心がとても安らいだ。

「何だか、外国の個人宅みたいですね」

「ああ、ここに来ると祖母の家を思い出すよ」

彼の祖母はイギリス人だ。日本人なら裸足で逃げ出しそうな照れくさい仕草や言葉も、彼ならとても自然で、嫌味にならない。時々、過剰気味になるスキンシップはこの辺りからくるのだろう。

すっかりくつろいだところで、用意が整ったとテーブルに案内された。ワインを注いでくれた女性ににっこり笑いかけた花乃は、なぜかボトルを取り落としそうになった彼女の手をボトルの上から握り締める。

「大丈夫ですか？」

「は、はい。申し訳ございません」

真っ赤になった彼女を支えるように、花乃は気にしないでいいとそのまま彼女の手ごとゆっくりボトルを持ち上げる。

「ボトルが大きいから、手を添えるのも大変ですよね」

「っ……！　はい」

足をもつれさせるようにして下がった女性に、ワインの匂いで酔ったのかしら？　と思いながらも、花乃は向かいに座る一樹を見つめた。落ち着いてワイングラスを傾けるその姿は、とてもリラックスしている。どう見ても本物であろう絵画やアンティークに囲まれても、決して見劣りしないその品格。それに、スーツ姿の一樹は洗練されている。正装すれば、それこそ堂々とした館なども背景に合うだろう。

周りの客も目の保養だと思ったのだろう、チラチラとこちらを見ていた。

しばらくして運ばれてきた料理の載った皿を、なんて可愛いのだろうと花乃が見つめていると、不意に目の前の彼が笑った。

「花乃は、こんな感じが好きなんだろう？」

食器のことを言っているだと分かった花乃は、コクンと素直に頷いた。白磁に細かい花模様の華やかな食器は、まさに花乃好みの絵柄だ。

「やはりな。なら……」

何か思案するようなその様子を見ながら、花乃は昨夜の彼の言葉をふと思い出し聞いてみた。

「あの、一樹さん、そういえばお話って……」

「ああ、そのことか」

笑った顔の彼が改まって聞いてきた。

「花乃、俺は帰国したばかりで、今から住むところが必要なんだが――花乃の住んでいる家がとても気に入った。あそこで一緒に暮らしてはダメか？」

（へ？　えぇぇっ⁉）

突然の提案に、素っ頓狂（すっとんきょう）な声が出そうになるが、ワイングラスを持ち直して誤魔化した。

「シェアを……したいということですか？」

「長いことマンション暮らしだったからな。一軒家は憧れなんだ。あの家は二階全部が空いているんだろう？」

「あっ、はい、確かに空いていますが……。私も留守を預かる身なので、勝手なことはできないんですよ」

「なら、大家に了解を取ればいいんだな？」

「え？　あの」

「それとも俺と同居は嫌か？　なら今、きっぱり断ってくれ」

（一樹さんと、シェアハウス……）

あまりにも突然な話だった。

けれど、一樹の提案に花乃の心が最初に感じたのは、嬉しさだ。

彼と一緒に住むのは、決して嫌ではない。

——不思議なことに、以前は自分の心を守るため、あんなに彼に会うことを避けていたのに。一度彼に抱かれ、その上こんなに毎日会っている今は、「毒を食らわば皿まで」の心境に近い。同時に、こんな話を気軽に持ちかけてくるなんて、本当に自分は女性扱いされていないなとも思った。

一樹の立場や年齢を考えると、女性と一緒に住むなんて簡単に決められることではないだろう。

だが、花乃の返事はすでに決まっている。

「もちろん、大家さんが良いと言えば構いませんよ。ただ、友達などの連れ込みは禁止させてください。これは私も禁止されていますので」

一樹は地位ある大人とはいえ、独身の男性なのだし、多分大家は承知しないだろう。

もし許可が出ても、一樹に恋人ができた時点でこの同居は直ちに解消する。

花乃は口にはしなかったが、そうなったらもちろん自分が出ていくつもりだ。

普通の女性であれば、好きな人にすべてを委ねた後、相手があっさり他の女性と結ばれればすごく傷つくだろう。

だが花乃は、その生い立ちもあってちょっと変わっていた。

たらい回しの野良猫人生で、倒れるなら前向きで……の姿勢がモットーとなっている。

一樹が望む限り彼の側にいたい。好きな人と一緒に過ごせる機会を、みすみす手放す気はまったくない。それが花乃の今の本音だ。

――たとえそれが、彼に付き合う女性ができるまでのほんの少しの間で、後でどんなに自分が傷ついても。

きっぱり振られているこれまでも、彼と過ごした幸せな記憶を糧に十五年も生きてきた。

自分は彼しか好きになれないと、すでに分かりきっているため、一樹と過ごす一分一秒が花乃にとっては貴重だ。

そう、彼とのこの不思議な関係がいつまで続くのかは分からない。けれども、今度は決定的な瞬間が来るまで、自分からは手を離さない。

花乃はこの時、そう固く決心した。

3　始まりの予感

金曜日の夕方。

「ただいま帰りました」

「花乃お帰り。一週間お疲れ様」

挨拶（あいさつ）するだけでまだ緊張する胸の奥から、ほのぼのとした温もりが指先まで広がった。つい先ほど、一樹が待つ家の前でいったん足を止め、大きく深呼吸をしたことなどおくびにも出さない。ここ何日か繰り返している平凡なやり取りだが、花乃はいまだ緊張してしまって慣れないのだ。が、今日も普通に挨拶（あいさつ）ができた……と彼に微笑みかける。

いつも玄関までわざわざ出迎えに来てくれるのが、とても嬉しい。

「花乃、よければ今日届いた家具をチェックしてもらえるか？」

「……分かりました」

今日は一体、何が増えているのだろう？

ドキドキしながら、花乃は彼の腕にちゃっかり抱かれている猫へと視線を移した。いかにも機嫌が良さそうなモップは、こちらを見てわずかに耳を立てる。薄緑の目を細めたその小さな額（ひたい）を、花乃はそろりと撫でてやった。

（あ、逃げない……ようし、今日こそは）

抱っこしてみせる、と意気込んで両手を伸ばしかけると、灰色の毛玉は、素早く腕の間をすり抜けていく。

「……一樹さん、ズルい」

「と言われてもなあ、あいつはこの家の主人が誰だか分かっているんじゃないか？」

「そんな……おのれモップめ。餌をあげているのはこの私なのに、なんたる扱いの違い……」

これまで、がっつり飲み食いさせてやった恩は、一体どこへ落としてきたのか。

とっくに見えなくなったその尻尾を、花乃は恨めしそうに視線で追う。

（……そうなんだよね、一樹さんが、この家の主人……）

一樹は今現在、この家の〝主人〟である。

なぜなら、この涼しい顔をした貴公子は、先日大家と交渉してこの家を丸ごと買い取ってしまったのだから。

◆　◇　◆

そもそも花乃は、この家の大家を直接は知らなかった。

大家の代理人である弁護士を通じて、もろもろの契約を交わすことですべてが済んだからだ。

一樹からこの家をシェアしたいと言われた時、それならばと弁護士の連絡先を教えた。

すると、次の日の晩にご機嫌な様子で夕食の席についた一樹が、『花乃、俺はこの家を買い取ることにした』とあっさり告げてきた。

『はい!?』

花乃は一瞬、自分の耳を疑った。

まるで、〝ちょっとそこのコンビニで、飲み物を買ってきた〟みたいな軽いノリで告げられた衝撃のニュース。さすがの花乃も、お箸を握った右手に力がぎゅっと入った。

『だから、花乃の大家は俺になる。これで何も心配しなくていいからな』

（いや、あの、いきなり——？）

驚きのポーズで固まったままの花乃の頭に、一樹は手をぽんぽんとのせて嬉しそうに微笑んでいる。折しもその晩は、一樹にリクエストされた炊き込みご飯と、特売品の鯛のお造り。食卓に並んだメニューを見た彼は、『幸先いいな、さすが花乃』とコメントした。

——どうやら一樹にとって、花乃の大家におさまることはおめでたい出来事らしい。

一方の花乃はというと、あまりにも予想外の話に気が動転しすぎて言葉が出てこなかった。

『花乃のバイト代のことも詳しく聞いた。一緒に住むのだから、できることは俺も協力する』

一樹の口から飛び出したこの一言で、どこかに飛ばされかけていた思考がいっぺんに回帰した。

一呼吸置いた後に、半信半疑で言葉を返す。

『え、あの、バイト代って、一樹さんからですか？』

確かに、前の大家からは住み込みのバイト代として、わずかばかりの給金が弁護士を通して振り込まれていた。

しかしいくら何でも、彼からお金をもらうわけにはいかない。

『あの、会社規定に違反するのでは……』

とっさに『一樹さん、社長に就任ですよね』と牽制すると、彼は堂々と言い切った。

『俺個人で払う食費だから、バイト代ではないな』

そういえば、彼は今夜も、当然のようにこの家で夕食を食べている。

そして二人の夕食は、当然のように花乃が作った。

一樹は、あの夜のお詫びと食事に付き合ってくれたお礼だと言って、食器や調理道具を山ほど贈ってきた。積まれた高級食器の箱に驚愕した花乃が、こんなことはしなくていいと断ると、それならばと夕食をリクエストされ——大した疑問も持たず、当然のように二人分の買い物をしてしまった。何も言い返せず、花乃は諦めのため息をつく。

そんな花乃に、『そうだ、住まいも決まった記念に』と、一樹はバラの小さな花束を差し出してきた。

『これから先も、ずっとよろしく』

ニッコリ上品に笑うお坊っちゃまの、押しの強いことと言ったら。

気がつけば一気に抗(あらが)えない渦潮に引き込まれている。

しかも、だ。彼は突然にも『明日から注文した家具が届くから』と言ってきた。

花乃にとっては天地がひっくり返るほどの一大事である。

目の前に優しく差し出される、三本の赤い情熱的なバラ。それに加えて、これからは一樹のものになったこの家に一緒に住むというとんでもない事実。

（……この、ハニートラップを踏んでしまった、みたいな感じは何……？）

可憐なバラたちに魅せられ、自然と花束を受け取ったが。

どうしてこんなことに？　と花乃が戸惑っているうちに、いつの間にかまぶたにおやすみのキスをされた。そして彼は満足そうに、『家具やベッドが揃うまでは』と言い残してホテルに帰っていったのだ。

――その翌日から、本当に彼の言葉通りになった。

昨日は会社から帰ると、この家にはすでにダイニングセットがきっちり収まっていた。

花乃が愛でるようにダイニングテーブルを手で撫でてみると、一樹は至極満足そうに顔を綻ばせた。

何もなかったリビングに新しい家具が配されると、一樹と一緒に住むという現実感が一層増してきた。内心はかなりドキドキだったが、そんな自分を諫めることも忘れなかった。

彼はここに住む住人として家具を揃えているだけ。シェアメイトである花乃を気遣ってくれるのは彼の優しさであり、勘違いしてはいけない。

その日は、彼が作ってくれた出来立てのご飯を真新しいテーブルでご馳走になりながら、自分のことなど気にしなくていいと伝えておいた……のだけれど。

◆　◇　◆

金曜日の今日、彼に手を引かれて足を踏み入れた居間には、さらに家具が増えていた。

この家で花乃が一番気に入っている暖炉前の空間には、落ち着いた色のソファーセット。その上には可愛らしい花柄のクッションが置かれている。和室には立派な座卓が。彼のノートパソコンは、当たり前のようにその上に載っていた。

そして大きなテレビがあるリビングの棚には、なぜか家庭用ゲーム機まで。側に散らかっているコントローラーを見るに、どうやら今日は早く退勤してこれで遊んでいたらしい。

（まあ、一樹さんも息抜きは必要よね）

噂では、もう何年も海外支社を転々としていて、日本にまとまった期間帰国していないと聞いている。イコール、彼もずっと仮住まい暮らしだったわけだ。そんな彼がこの家という安住の地を手に入れて、はしゃぐのも無理はない。

「このソファーも、とってもいい感じです」

「そうか、よかった。喜んでくれて嬉しいよ」

周りを見渡せば、自分好みのインテリアで彩られていく部屋。これに関しては、自分と似ているらしい彼の家具の趣味を喜ぶべきか……？

その後、夕食を作り、談笑しながら食べ終わると「ご馳走様」と手を合わせた。

すると待っていたように目を輝かせた一樹が、「花乃、一勝負しないか？」とゲーム機を指差してくる。

あぁ、そうか、どうして自分とシェアを？　と思っていたが、なるほど。昔の知り合いである花乃とは気心が知れているし、恋愛対象ではないから、逆に気楽なシェアメイトとして遊べるということか。

一樹の期待感溢（あふ）れる様子に、可愛いとつい微笑んでしまう。

「分かりました。負けた方が夕食の片付けをする、ということで」

「受けて立つ」

だが、「どれにする」と笑いかけられて、何気なくカーレースを選んだのがいけなかった。

とてもとても、いけなかった。

「一樹さん、もう一回」

コントローラーを握り締め、隣に座る余裕たっぷりの姿を見る。

「花乃、もう三周連続で負けただろう？」

「次こそ勝ちます！」

口では仕方ないなあとは言うものの、彼もとても嬉しそうだ。

だが、ゲームになると容赦しない。四周連続でこてんぱんに負けた花乃は、がっくりしたままお皿を洗い出す。

こんな敗北感は久しぶりだ……

次こそは、と思いながらふとリビングを見渡すと、一樹の姿が見えない。

トイレかなとそれほど気にせず、残りのゲームは何があるのだろうと確認してみる。するとしばらくして視界の端でモゾッと灰色の毛玉が動いた。横で寝そべっていたモップがおもむろに部屋を出ていく。

（あ、あれは……）

そのお尻の下から出てきたゲームソフトのタイトルに、花乃は目を輝かせてケースを掴（つか）んだ。

これならきっと勝てる……と希望が芽生えてくる。

「花乃、タオルを使わせてもらった。風呂を溜めてあるから……」

「一樹さん、次はこれで勝負です！」

彼の声が聞こえると、花乃はすかさずゲームソフトを掲げた。

そんな花乃の意気込んだ様子に、一樹はびっくりしたように目をパチクリさせ、次の瞬間、爆笑する。

「あっはは、花乃は本当に可愛いな」

「一樹さん……」

ククとお腹を押さえて可笑（おか）しそうに笑っている彼を見ていると、だんだん意気込んだ自分が恥ずかしくなってきた。

「あの……」

「とりあえずは湯が冷めるから、先に風呂に入っておいで。終わったらもう一回だけ受けて立つよ」

「あ……、はいっ」

（まだ、勝負してくれるんだわ）

一人ではお湯を張るのがもったいないといつもシャワーのみだったので、久しぶりの湯船にご機嫌だ。

（ようし、見てらっしゃい、あのゲームでなら負けないから）

お湯を抜いている間にゴシゴシと身体を洗い、ついでに湯船を磨く。最後に、ザーッとシャワーを浴びると、勇（いさ）んで風呂場を後にした。

いつもパジャマ代わりにしているベビードールに、ちゃんとバスローブを羽織ってリビングに向かう。

「お待たせしました」

「ああ、じゃあ始めよう。でも、もう遅いから一回だけだよ」

（いえ、まだ夜の十時前なんですが……）

だが、彼の子供扱いはこの際脇に置く。

「では、私はこのキャラで」

「罰ゲームは何にする？」

「明日の晩御飯の片付けです」

こうして、人気キャラ勢揃いの格闘ゲームで、大の大人二人が必死で勝負する。

結果は、花乃の圧勝である。

「……花乃、強いな」

「フフフ……」

オンラインで鍛えた戦闘スキルはダテではない。

「明日の片付けは一樹さんの番ですね」

「分かった分かった。さあ、もう寝よう……でも、その前に見せたいものがあるんだ」

浮かれた花乃は、手を引っ張られて二階に連れて行かれる。階段を上る途中で、ようやく頭が正常に動き出した。

(あれ？　そういえば……なぜ、一樹さんまでバスローブ姿なの……？)

いつの間に用意したんだろうと思っている間に、寝室にたどり着いていた。

カチッとスイッチが入ると、柔らかく抑えられた間接照明の光がふわりと部屋を照らす。

バルコニー付きのこの部屋は、記憶にあったガランとした光景からものの見事に変貌を遂げている。

「うわぁ、素敵……」

今日は寝具まで届いていたのだ。

心地良さそうな背もたれのついた大きなベッドは、可愛い花柄のベッドカバーで覆われている。

その横にはおしゃれなアンティーク調のナイトテーブルに、お揃いの優美なチェストまで。

「気に入ったんだな、よかった」

「ええ、すごくいいです！　でも……これって一樹さんの好みなんですか？」

エレガントさとモダンなスタイルが巧妙に組み合わされた家具を見て一瞬浮かれるが、この上品でフェミニンな感じはどう見ても女性向けだ。

「花乃が好きなら、それでいい」

嬉しい言葉だが、やはり男性の部屋というよりは、夫婦の寝室といった感じのロマンチックな雰囲気に胸がチリッとする。

手を引っ張られ部屋の中に足を踏み入れると、足元がふわふわと柔らかい。

素足にまとわりつく絨毯の感触に、ホテルでのあの一夜が頭に蘇った。

(やだ、こんな時に私ったら)

彼に手を繋がれたまま「さあ、今日はもう寝よう」と言われると、余計に内心焦ってしまう。

「あの、では私はこれで」

握られた手を、そっと解こうとした途端、ぎゅと固く握り締められた。

「……行くな」

「え?」

(行くなって……言われても)

——今夜の一樹は、どうやら人恋しいらしい。

花乃も彼から離れがたい気持ちになっている。

とはいえ、彼は単に誰かに側にいてほしいだけだろうが、ベッドをシェアするなんてことは、花乃には到底できそうもない。

いくら子供扱いされても、隣でのうのうと眠れる図太い神経などない。

「花乃が行ってしまうくらいなら、俺が下で寝る」

「は？　いや、あのそんな」

慌てて否定しかけると「じゃあ、一緒に」と手を強く引っ張られた。綺麗な瞳が懇願で揺れている。

彼はもう大人のはずなのに、なぜか昔の少年時代の姿と重なる。

ズクン――

胸の疼きを感じながらも自分の理性を天秤にかけ、どうしようと迷っていると……

「花乃が嫌なら、今夜は諦めよう。だけど花乃はさっき、俺との勝負で負けたよな」

「え……」

予想外の罰ゲームとお願いに、花乃は目を丸くする。

――一樹とベッドを共にするのは少しも嫌ではない。自分は確かに勝負に負けた。それに、こんな機会は彼にいい人ができてしまえば二度と訪れない。

「……分かりました」

三拍子揃った状況に花乃の頭がはじき出した答えは、とてもシンプルだった。

大人しく頷いた花乃に、一樹は顔を輝かせた。

「嬉しいよ。じゃあおいで」

わぁ、近すぎる！　一緒に就寝をＯＫした途端にさらに手を引かれ、二人の距離が一気にゼロになる。

そのまま抱き込まれると、彼の手が花乃のバスローブの紐に伸びてくる。

「あのっ、一樹さん、これは――」

「花乃は普段、バスローブを着たまま寝るのか？」

「え？　いえ、もちろん脱ぎますよ」

言ってから、なぜかしまった、と思った。

バスローブがパラリと解け、丁寧に脱がされる。

（うわぁ、これは恥ずかしい）

そのままバサリと足元に落とされて、どうしていいか分からず、とっさに両腕で胸のあたりを隠す。

意識したら負けと分かっていても、好きな人にこんなに改めて見られると平静を装うのにも限界がある。

なのに、彼はわざわざ少し離れて、まるで美術館の女神像を鑑賞するようにベビードール姿をじっくりと見つめてくる。

せめてもの救いは、間接照明で部屋がかなり暗めだったことだろうか。

「……なんの羞恥プレイなんでしょうか、これは」

「花乃は俺に四回も負けたからな」

「うっ……」

すっかり忘れていたが、そういえばそうだ。さらに何度も挑んで負けた。

「ま、まあこれくらいなら。四回分の皿洗いを一回分にまけてもらったんですから」

「……そうだな、じゃあ、俺のバスローブも脱がしてもらおうかな」

……しまった、迂闊なことを言うのではなかった。見事に墓穴を掘ってしまった気がする。

（いや、こんな時こそ、うろたえてはいけないわよね）

黙って彼のバスローブをゆっくり脱がせた。

途中で、彼がボクサーパンツ一枚なのに気がついて、手が微かに震えてしまう。でも、俯いていたし彼には気づかれなかった……はず。だが、さすがに目のやり場には困った。

一樹は上品な外見に似合わず、適度に筋肉質な逞しい身体の持ち主だ。

「花乃、先にベッドに入って」

絡みつくような熱い視線から逃れられると思い、いそいそと言われた通りベッドに潜り込む。

「次は、俺をベッドに誘ってくれ」

「え？」

「ほら、〝一樹さん、来て〟、だ」

——甘かった。これはやはり羞恥プレイの続きだ。

（もう、こうなったら……！）

「……一樹さん、早く……来て、もう待てない——」

即席だが、バサッと掛け布団を手でめくり、待ち焦がれている演技をする。

だが、頬に血がのぼるのは止められない。だからこそ、それを誤魔化すように彼の瞳をはにかんだまま見つめた。

　すると、いきなり彼の目が変わった。

　からかうようだったその瞳は射貫くほどに鋭くなり、怖いほどの熱い視線でこちらを見つめてくる。

（え、あれ……？　また笑ってくれる、と思ったのに）

「……今夜は、抱き枕程度で、と思っていたのに」

「え、あの？」

（抱き枕――程度……？）

　意外な言葉と、普段とはまるで違う、唸（うな）るような低い声が部屋に響いた。

「こんなに可愛く誘われて、我慢できるか！」

　こちらに来ると思った次の瞬間には、逞（たくま）しい身体の下に抱き込まれていた。

　流れるように落ちてきた不意のキスは、チュと優しい音を立てた後、思考まで奪われそうな甘いキスになる。

　熱い……ぴったりと重なる唇が溶けていく――

　驚きのまま酸素を求め開いた口から、彼の舌がするりと侵入してきた。

「んっ、……っんん」

　同時に動き出した彼を全身で受け止める。けれど、心地よいその重さに浸（ひた）る暇もない。頬に触れた彼の指先が耳を掠（かす）め、髪に深く埋まるとキスは一段と深くなった。

強引に奪われ続ける唇に、心までも蕩けそうになる。

突然、襲ってきた濃厚なキスが、花乃の何もかもを支配した。

（あ……こんな――）

――このまま、流されてしまいたい。でも……

揺れる心の中で、小さな不安がポツンと波紋のように広がる。

（どう、すれば、いい……？）

迷う花乃の秘めた情欲を、あたかも煽るように一樹は舌をねっとり絡めてくる。柔らかい舌に丸ごと拘束されて息もままならない。

なのに、少しも嫌じゃない。

むしろ、心の底へ沈めたはずの欲をより一層掻き立てられ、燻っていた身体は火がついたように彼を求め、にわかに疼き出す。

ドクン、ドクン、ドクン……心音が高らかに鳴り始めた。深いキスを貪り続ける彼が無性に愛しい。きつく抱き締めてくるその甘い感触にみるみる力が抜け、身体の奥で生まれた熱がじわりと溶け出した。

（一樹さんが……私を、欲しがってる）

花乃の従順な反応を嗅ぎ取ったのだろう、一樹が顔をほんの少しだけ離した。

それでも身体はまだ離さない。荒い息を吐きながら、鼻先同士を柔らかくこすり合せる。

一樹の瞳が、花乃をひたと捉えた。

どうしようもなく惹かれるその瞳は、よく見知っているもの。

それなのに、今、初めて気づいた。その紅茶色の虹彩(こうさい)には、琥珀(ゴールド)が入り混じり煌(きら)めいている。

「やめてほしかったら、嫌だって言え」

そんな嘘、言えるわけがない。

「俺は花乃が欲しい。花乃も俺を欲しがってる、そうだな?」

その通りだが、どうしてもためらってしまう。

一度火をつけられた花乃の身体は、一樹を求め疼(うず)くけれど、すでに分かり切った未来を予測した心が一瞬怯(おび)えた。

「そうだと言ってくれ」

けれども、真摯(しんし)な瞳に見つめられ、熱のこもった言葉で懇願されると、花乃の両手は勝手に逞(たくま)しい背中に回る。

欲しい。彼に抱いてほしい。

花乃はイエスと頷く代わりに、ある言葉を口にした。

「一樹さん……きて……」

これでは一体、どちらがどちらを誘ったのか定かでないような花乃の答えに、一樹は満足気な顔でチュッと唇を啄(ついば)んでくる。花乃が瞬(まばた)きをした瞬間には、首筋に濡れた唇が滑り落ちてきた。

——分かってる。人恋しい今夜の彼は、この身体を求めているだけ。

瞳をそっと閉じた花乃の顔にも、優しいキスの雨が降ってきた。すると、くすぐったくて頬が自然と緩んでしまう。

一樹は花乃がただ一人、愛してやまない人。だからこそ、どんな形であれ、求められると嬉しくなる。

揺るぎない一樹の情熱が花乃の不安を奪ったこの瞬間、最後のためらいさえ一呑みにされた。そして、まだ足りないと重ね続けられる甘いキスに、花乃も夢中で応える。

（あぁ、一樹さんのキスはどうして、こんなに心が震えるの……）

重ねられた互いの身体から浸透した熱が、腰の奥まで揺さぶってくる。

彼の唇がつかの間離れたと思ったら、うなじをくすぐったい感触が走った。耳たぶが温かく濡れている。

「今夜は、可愛い声を聞かせてくれ」

「……ぁっ」

ほんのり色づいた耳元で、低く囁いてくる一樹からのお願いに、花乃は無意識に反応した。

「ん……、気持ちいい、あぁっ……っ……」

身体の線をなぞるように、指先でやんわりと撫でられる。

「いいな、すごくそそられる……」

どうやら一樹は、花乃の感じている声がお気に入りらしい。それとも、指先で弄ぶ花柄レースを気に入ってもらえたのだろうか？　どちらにしても、快感で肌がザワッとする。

濡れた舌が鎖骨を柔らかく舐め上げると、花乃の甘い声がわずかに高くなる。

すると一樹の熱い舌が何度もそこを往復して、確かめるように強く吸い上げた。

「ぁん……ぁあっ……んんっ」

肌にピリッと走る刺激に、甘く痺れて肩を震わせる。

大きな手が薄い布越しに胸を優しく包み込み、柔らかい弾力を愉しむようにじっくりこね回し始めた。

嬉しい――彼が触れてくるのも、触れたいと思ってくれるのも。その快い愛撫に身体が揺れ、敏感な蕾がツンと尖ってくる。

「もう感じてる……可愛いな」

胸の膨らみを目指す一樹の唇が、その進攻をベビードールの布に阻まれ、不満げな低い唸り声が上がった。すぐさま素肌をかじられ、同時に胸の蕾を布越しにきゅっと摘まれると、身体が跳ね上がった。

「あぁっ……んんっ」

(この感じは……もしかして私って、もうイかされちゃった……?)

キスですでにベトついていた足の間が、一層ぬるりと濡れた。

一樹に触れてほしくて堪らない身体は、なんと素直なのだろう。その間にも、彼の手が伸びてきてベビードールをめくり上げている。たちまち、花乃の片胸をさらけ出し、満足そうに柔肌を撫で回しては、膨らみを揉みしだいた。

「ふぁ……あん、……ぁっ、……ぁ」

「俺の手にぴったりだ、花乃は着痩せするんだな。胸もここも美味しそうだ」

呟くように囁かれた際どいコメントと、摘まれてツンと立った尖りをつつく指先のタッチに、ますます気持ちが高まる。

「両手を上げて、花乃」

大きな手で薄い生地をさらに上へと引っ張り上げられた。耳朶を軽く甘齧りした彼の吐息が、ふっと耳の後ろにかかる。

「あっ、かず、きさん……」

素直に従った手首に、柔らかな布が巻きつく感触。

「気持ちよくなってくれ」

「——え？　あっ、あぁっ」

気がついた時には、両手をベビードールで軽く縛られていた。

拘束されるなんて、思ってもみなかった。

柔らかい布とはいえ、こんな無体を強いられても無抵抗なのは、相手が一樹だからこそ、だ。

彼以外の人なら、身体に触らせもしない。——そんな気持ちをこの人は、分かっているのだろうか。

そう思ったら、なぜかこの拘束されている状態が彼への切ない想いと重なる。

（どうしようもなく、好き……）

そんな想いを抱いた胸に熱い息がかかり、敏感な膨らみがふるふるとわななく。

早く、早く奪ってほしい……

走り出す気持ちを宥めるように、大きな手が柔らかい胸を揉みしだく。そして温かい舌がツンと上を向いた先端を、ねっとり舐め上げ始めた。

両手を緩く縛られているからか、そのゆっくりした動作がひどく焦れったい。

「ふぁ……あ、ん……っ」

彼の舌先が赤く尖った敏感な蕾を、優しく弾いてくる。

彼にすごく触れたい……

そう思うと、もどかしい熱がじわじわと、腰からせり上がってきた。

「まるで花の蕾だ……可憐だな」

「……一樹さん、もっと、強く……」

恥ずかしかったが、彼のリクエストなのだからと思い切って声を出す。

「もちろんだ。だが、その前に……可愛い姿をじっくり見たい」

彼は一旦胸から顔を離し、満面の笑みでこちらを見つめてきた。

「こちらを向いて、花乃。……すごく綺麗だ」

いつもの優しい感じは変わらない。なのにその目はまるで獲物を捉えたかのように熱を帯びている。

捕まってしまった――思わずそう錯覚してしまうほど、射すくめられて背筋がぞくっと震えた。

怖いわけじゃない。ただ……いつか感じた、激情を孕んだまなざしと重なっただけ。

まるで炎を宿したような熱い視線を、両手を縛られた無防備な全身に痛いほど浴びている。

（あの夜と同じ……）

最初に抱かれた夜、酔っ払っていたはずの彼も、確かこんな目をしていた。

捕らわれた花乃を煽るように、一樹の長い指が敏感に尖った先端を、キュッと強めに摘まんでこすり合わせる。

「……あっ、はあっ……っ、ぁっ、ぁっ」

思考が快感に支配されてくると、もう何も考えられない。

「思う存分啼いてくれ」

低い声が甘く囁き、音を立てて蕾にしゃぶりついてくる。じゅ、ちゅうと濡らされる音は、喉から漏れる甘いよがりと重なり、目に見えて花乃が乱れ始めた。一樹はそれを心ゆくまで堪能したいらしい。熱い舌が硬くなった先端を押し潰し転がしては、強めに吸い上げる。

——ゾクゾクする。

花乃は感じるまま、淫らな喘ぎを次々と上げる。

「あぁ……はっ、……あん、ぁっ……」

「……こんな可愛い声、聞いていいのは俺だけだ」

独占欲まみれの一樹の言葉だが、陶然としてきた花乃の頭にはぼんやりとしか届かない。お願いというには強すぎる調子で、「分かったな、花乃」と低い声で返答を求められると、花乃は激しく乱れる息をなんとか整えて「はい」と頷いた。だけど一体、自分は何に「はい」と答えたのか分からない。そんな夢うつつな花乃の蕾を一樹は唇で挟んで、軽く甘噛みしてきた。

赤いデリケートな蕾を柔らかく齧られたまま、その先端を舌先でつつかれる。

「あっ……やっ、んんっ……っ」

嫌じゃない。嫌じゃないのに、否定する淫らな声が唇から紡ぎ出される。

ぴちゃぴちゃと湿った音が耳に届くたびに、もどかしくてこぶしをぎゅっと握り締めた。

彼に触りたくて堪らない——

じんじん疼く蕾にかぶりつかれ、味わうように強く吸い付かれる。胸から生じる柔らかく鋭い刺激は思いがけず腰の奥にまで届き足の先がピンと反り返る。

トロッとしたぬめりが、すでに足の間を湿らしていた。

一樹の唇はなだらかな胸を下って、脇腹からヘソへと移動してくる。花乃は足の間に割り込んでくる彼のために、自然と太ももを広げた。だが、それでも足りないとばかりに彼の手が内ももにかかり、さらに大きく広げてくる。陽にさらされない白い肌を味わうように、濡れた舌がその上をぬらぬらと這い出した。

「あっ、ぁぁ……、かず、き、さ……ん……」

ショーツの上から湿った中心を舐め上げられ、花乃は思わず手の緩い拘束を引っ張る。

「花乃を可愛がりたいだけだ。大丈夫だ、ほら……」

熱い息が湿り気を帯びた生地に、そっと吹きかけられる。

「気持ちいいか」

「やぁ、はい……」

「……どっちだ」

笑った声が「もう、膨らんでいる」と言い終わらないうちに、突出した花芽を生地と一緒に、ちゅうと吸われた。

「ひゃ、あっ……」

今までにない強い刺激に、背筋がビクンと震える。

「力を抜いて、花乃……」

ショーツに口をつけたままのくぐもる声が聞こえた後、じゅくじゅくの秘所に心地よい刺激が連続で襲ってきた。

(リラックス、リラックスよ……一樹さんを足で締め付けちゃあ、だめ……)

恥ずかしさを押し込め彼の言葉通りにしようとしても、与えられる柔らかく甘い刺激に、どうしても力が入ってしまう。閉じてしまいそうになる身体を、彼の力強い腕ががっしりと止めてくれる。

「んっ……、あんっ……、あ、あぁっ……っ」

甘美な快感に腰もよじれて、びくんと震えた足の間からは温かな愛液が溢(あふ)れ出した。ショーツはもうびしょ濡れだ。

「温かい、特にここは熱いな」

楽しそうな低い声がした時には、すべてをはぎとられていた。

彼は太ももの間に顔を埋(うず)めて、膨らんだ尖(とが)りに長いキスをする。愛おしそうにやんわりと触れてくるその唇の感触がすごく悦い。

「あっ、ん――っ」

唇で軽く触れられているだけなのに、たちまち全意識がそこに集中する。

「濡れてるな」

花乃は恥ずかしいという気持ちの代わりに、「明かりを……消して？」と口にした。

「今日は、全部見たい」

そう言って、一樹は太ももの付け根から中心に向かって、舌をジリジリと進めてくる。

「いいだろう？　花乃」

ピタ、と閉じた花弁の手前で舌を止められると、なぜだかキスをされたばかりのそこが熱く疼いて堪らない。

「っ……はい……」

思わずまた手首にまとわりつく布を引っ張ったものの、まだ解かれない。羞恥心などそっちのけの従順な返事に応えるように、熱い舌が花弁をこじ開け、疼く中心をじかに舐め上げる。

「あっ、んんーっ……」

「感じるか？」

「……はい、もの、すごく……」

それは今まで感じたことのない、気持ちよさ――

言葉に尽くせない快感に、花乃は素直に喘ぎ声を上げた。一樹は甘い蜜を熱心に舐めとりながら、蜜が溢(あふ)れる中心を探るよう舌を入れてくる。

ぐずぐずになりそう。

そんな身体を、花乃はゆっくりと弛緩(しかん)させた。先ほど布越しに弄(いじ)られたせいか、少し余裕を持って受け止められそうな気がする。

「はあ……いい、もっと……」

「……誘い上手だな」

彼の息が荒くなる。吐かれた息が熱くて、びくんと背筋が震えた。

とろんと蕩(とろ)けた目で一樹の顔を見つめると、彼もこちらをじっと見つめている。軽く伏せられた睫毛(まつげ)から覗(のぞ)く、熱い視線。花乃の視線と絡み合うと、ぞくっとする。指の先まで熱っぽく、全身から汗が滲(にじ)み出してきた。

「あん……んっ、……っ、んん……っ」

ちゅく、くちゅ、と淫(みだ)らな水音が聞こえてくる。

一樹は目を合わせたまま、舌を伸ばしてゆっくりそこを溶かすように舐めたり、かき回したりし始めた。舌先を蜜口に突き入れられて弄(もてあそ)ばれると、どうしようもなく恥ずかしいけれど、ものすごく気持ちいい。

一樹の与えてくれる快感に花乃は濡れた瞳を閉じ、ゆるゆると蕩(とろ)けるままに任せた。

どれぐらいそうしていたのか。恍惚感(こうこつかん)にうっとりしていたため時間の経過も分からず、ハアハアと乱れた吐息をつく。すると、長い指先が慎重に関節、そして指が見えなくなるまでツプンと埋められていく。

「ん、もう、大丈夫だな」

「ふぁ……あっ……はぁ……っ」

まだ少し違和感はあるものの、初めての時のような痛みはまるでない。

身体の中を指でかき回されている不思議な感覚を追っていると、突如、痺れるほど鋭い、けれど痛みとはまったく違う甘い衝撃が襲ってきた。

「あ……っ」

思わず背中を反らせた反動で、手首の結びがようやく解ける。

「あっ……、あぁっ……、あぁっ……、やっ……ぁ……」

こんな鋭い快感は知らない。

先ほどの、ゆるゆると襲ってきた気持ち良さとは比べものにならない激しい快感に思わず腰を揺らし、両手で一樹の髪を弄る。

「あ、あっ、ぁっ、一樹、さ、ん……な、んか……」

駆り立てられるままに胸を上下させて、やっとの思いで声を出した。

「大丈夫だ、俺に委ねて」

優しい声が安心させるように応えてくれる。花乃は力を抜いた。流れ込んでくる熱流に抗うのをやめる。

敏感な花芽をさらにじっとり舐められると、強く押し流されそうで息は震えたが、ふうと悩まし気な吐息をついただけで身を任せた。

「ぁん……んっ、んぅっ……」

舌先でつつかれ、ちゅ、と軽く啄まれると、身体は勝手にビクゥッと小さく跳ねる。

気持ちいい。なのに、追い詰められる。

甘美な痺れが身体中を走り抜けるたびに、指先の柔らかい髪にすがりつきたくなる。

「……あっ、……ぁ、……あぁ、……っ」

ちゅるちゅると音を立てて一樹は花芽を吸い上げるが、後から後から溢れてくる愛液で花芽を見失い、一旦唇を離した。

「ここか、美味しそうだな」

長い指が、ぷっくり膨らんだ花芽の覆いを器用に押し上げる。つるりと剥き出しにされた膨らみが明るい場所に晒されて、まるで喘ぐようにヒクつきだした。

「あ、いやっ……」

条件反射だった。生まれてこの方、こんな風に自分の脆い核を他人に晒け出したことはない。

こんなに強い刺激に捕まったのも、こんな風に身体を任せたこともなかった。

「大丈夫だ、花乃、全部委ねて――」

一樹はゆっくり花芽に口づけ、舌でそっとそれを掘り起こした。

一瞬だけ指先に強い力が入るが、柔らかい感触に気持ち良さを感じてふっと力を抜く。彼なら、自分を丸ごと委ねてもいい。

（違うわ、委ねたいんだわ、私……）

思いきり、甘えたい。

そう感じた花乃はすべてを手放した。

その瞬間、疼いてしょうがない膨らみを強く吸い上げられる。

「はあぁっ——……っ」

目の前が揺れて意識がふわりと浮いた。そのまま降りてこられない。

ちゅるると花芽を吸い込まれて味わうようにしゃぶられ続け、全身を甘い痺れが次々と襲ってくる。

「き、もちいい……」

その一言しか言えなかった。あとはもう、ゆらゆらと快楽の波に揺らされるばかりだ。

そんな陶然とした花乃の様子に、一樹は目を細めた。

「ん、そうか」

言葉の調子は優しいが、唇は硬く膨らんだ花芽を吸っては舐め、ひと時も動きを止めない。

「あっ、あっ、あっ、……っぁ、あ、あ、あっ」

艶やかな喘ぎが、ベッドルームに絶え間なく響き渡る。その声に煽られるのか、一樹は膨らんだ花芽を貪り続けた。

花乃は身体がふわりと浮いてしまいそうになり、思わずベッドカバーをぎゅっと握り締める。

何か、掴まるものが欲しい。自分をどうか、この地上に繋ぎ止めて……

腰の奥から、温かくどろっとした愛液が押し出され、膝はガクガクで力が入らない。

「花乃……」

時々名前を呼びながら、一樹の舌は滑らかに動き続ける。その鋭い快感は痛いほどなのに、甘美さを感じて陶然となる。いよいよもう、そこまできている——大きな熱の塊が浮上してきた。

「あ、ぁ……」

耐えるように眉をひそめ、繰り返される切羽詰まった花乃のよがりに興奮したのか、一樹の息が荒くなり、花芽を含んで吸い上げる舌の動きが一層激しくなった。

「だめっ、ああ、ダメっ……」

叫んだ途端、開いた口からふっと何かが抜けた。

瞬間、ちゅるるっと一際強く吸い上げられて、痺れに似た衝撃で腰が溶けた。

湧き上がる熱に一気に押し流され、世界が真っ白に染まる。

「は……んん——っ」

身体が大きく仰け反って、足の先までピンと反り返る。そそうをしてしまったような熱い液体が、身体の奥から次から次へと溢れてきた。

呼吸を忘れた一瞬を過ぎると、頭から抜け出た魂は、ふわふわとゆっくり地上に戻ってくる。

とろりと太ももにまで滴る愛液を、一樹は大きな音を立てて啜り、てらてら光る口元を嬉しそうに手の甲で拭った。

震えて止まらない身体を、愛おしそうに抱き締められる。

「イったか」

「……っ……」

はいと答えたいのに、激しい動悸で返事ができない。頭はまだ霧がかかったままだ。

「花乃……今度は俺と一緒に……」

のろのろと見上げた顔は今までで一番、男を感じさせるものだった。

愛おしそうにこちらを見下ろしながらも、その目は情熱を帯び、花乃によそ見を許さない。

「……私も、一樹さんと一緒に……イき、たい……」

ハアハアと苦しい息をしながらも、切れ切れの言葉がやっと出てきた。

「そうだ、一緒に、だ」

逞しい身体が覆いかぶさってくる。

片手で膝の裏を抱えられると、彼の顔がゆっくり近づいた。

熱い屹立が、蜜口の周囲を確かめるように何度も往復する。優しくほぐされたそこはもうトロトロで、硬くなった彼自身が弾みでチュプと中に滑り込んだ。

「あっ……」

「おっと、本当に柔らかいな……これじゃあゆっくりするのは試練かもな」

一樹は苦笑したものの、それ以上の侵入を意志の力で止める。

「花乃、キスをくれ」

「はい、ん……」

笑った顔を両腕で引き寄せて、首の後ろに手を回す。

花乃は重ねた唇を、そのままゆるゆると甘噛みし、唇をつけたまま掠れた声で囁く。

「一樹さん、早く……きて——」

「こら、煽るな」

「まったく」と言いながらも、低い声は全然怒っていない。含み笑いで「少しも足止めにならないじゃないか……」と花乃の額に自分の額を合わせてくる。

「もたもたしてる、一樹さんが、悪いん、です……」

鼓動は息苦しいほどに、ドキドキしてる。

それに本当に、もう待てない。早く中に入ってきてほしい。

「言ったな？　……いくぞ」

目を細めた一樹はゆっくり息を吐き出し、止めていた腰を慎重に前に突き出した。

「んん……もっと……」

「……仰せのままに」

にゅちゅ、と濡れた音を立てながら花乃の中に簡単に入ってしまう。

でも多分、まだ半分くらいだ。初めての時は、灼けつくような痛さだった。

少し緊張した面持ちの花乃に、一樹はキスを仕掛けてきた。

「あ……んっ……」

少し開いた唇を舐められ、花乃も舌を伸ばして深く重ねる。

同時に少しずつ、彼が膣中（なか）に入ってきた。

何度も顔の角度を変えて舌を絡まらせるたびに、深く熱い杭を腰の奥に埋め込まれる。

覚悟していた痛みはほとんど感じられない。

ベッドに押し付けられた手を握られ、ただただ甘いキスを交わし合う。

やがて彼の侵入がおもむろに止まった。

「……全部、入った」

熱い吐息が、ふうと顔にかかる。彼は気持ちよさそうに、腰を小刻みに揺らしている。

「嬉しい……」

素直な言葉がポロリと口からこぼれた。

「俺もだ……痛くないか？」

首を横に振って「気持ちいいです」と伝えると、もう一度深く口づけられた。

（一樹さんが今、私の中にいる）

二度目はないだろうと、諦めていたのに。

あの誕生日の夜を、一生の思い出にしようと思っていたのに。

まさか、願い事が叶ってしまうなんて。

ものすごい圧迫感は感じるものの、軽（かろ）やかな笑いが唇から漏れ、浮き立つような幸福感に酔ってしまいそうだ。

花乃は顔中を啄（ついば）んでくすぐるように甘噛みしてくる一樹を、悪戯（いたずら）を叱るように軽く睨（にら）んでから、まだ追ってくる顔に笑いかけた。

　すると即座に腰を掴まれる。

　一樹はギリギリまで引き抜くと、今度は一気に貫いてきた。

「ぁあっ……っ」

　熱い硬直が腰の最奥をノックして、燃えるように疼いて堪らない。

　息が苦しくなるほど深いところまで貫かれているのに、さらに強い刺激を求めてそこがズクンズクンと疼き出す。まるで続きをねだるように、花乃の膣中がうねった。

「もっと、お願い……」

　切ない気持ちで懇願した途端、身体の中の屹立をきゅうんと締め付ける。

「くっ、だめだ。今夜はゆっくり……愛し合うんだ」

　そんな花乃の誘惑を振り解くように、一樹は頭を振って腰を動かし始めた。

（愛し合う……、なんて素敵な響きなの）

　たとえ身体を繋げるだけでも、こんな言い方をされると幸せな気分になる。

　花乃が小さな喜びに浸っているその間に、一樹はじっくりと内側の壁をこすってくる。

「あん……はぁ……ん……んん……」

　にちゃ、にちゃと、淫らな音を立てながら挿し入れを繰り返されると、次第に新たな快感が生まれた。

「あぁっ……いい……んっ……あっ……」

「ここが、いいか？」

「あんっ……そんな、こすっちゃ……んんっ」

返事はもちろん、いいに決まっている。今夜は二人とも酔ってはいない。

愛しい一樹に、今抱かれている。

――二人で同じ熱を分かち合っている……

「いい……もっと、もっと、ください……」

幸せに酔った花乃は、半ば目を伏せながらうっとり一樹を見上げた。

すると、中の屹立がさらに硬く大きくなる。

「今夜は、もっと優しくするつもりだったのに……」

一樹の額の汗が花乃の顔に滴り落ちてきた。

「全然ダメだ、こんなに、自重できないなんて……」

絡め合った手の指を強く握られた。綺麗な瞳が苦しそうに歪む。

花乃は一樹の手を、さらに強く握り返した。

「もっと、もっと、強く、激しく……我慢なんて、しないで……」

「花乃……、だが、傷つけたくないんだ」

「好きに動いてくれないのは、いや……」

お願い、と一樹の瞳に真摯に訴える。

しばしお互いの瞳を見つめ合った後、ゆっくりと一樹の顔が近づいてきて、優しいキスを交わした。

「……いくぞ、花乃」

「はい……」

逞しい腰が我慢できないとばかりに強く動いて、ズブズブと花弁を押し広げられる。直後、一樹の激しい突き上げが始まった。穿つような激しい動きにも、強く握り締められる手にも、彼の優しさを感じる。

「花乃、花乃……」

切ない熱を含んだこんな声で名前を呼ばれたら、理性が吹き飛んで何も考えられなくなる。

「んんっ……あっあっ……あぁ……んっ」

甘く掠れた嬌声が、ひっきりなしに喉から漏れた。

大きく増した屹立が花弁を擦り上げ、腰をえぐるように揺さぶられる。

挿入したままの彼が腰を回すと、繋がりが一層深まった。つられて、か細い吐息が花乃の唇から漏れる。その切なさに満ちた吐息を吸い込むように唇を啄まれると、キスがいきなり深くなった。

一樹が腰を力強くグラインドさせ、さらに深く突き入れてきた。中をこすられると、快感で目の奥がチカチカする。

「あ……っ……あ……あぁ……っ」

大きく揺さぶられ、身体は自然と彼の繰り出す波に乗り、リズムに合わせて花乃の腰も揺れる。

なんて、気持ちいいのだろう。

彼が腰を動かすたび、内壁がうねり灼熱の塊に絡みつく。

「本当に、堪らないな」

一樹は一旦動きを止めると、腰を抱え直しまた容赦なく攻め始めた。

「ふっ、あん、……あぁっ、……んっ、……んっ」

波打つような律動で与えられる熱い感覚に、脳天まで痺れるような浮遊感……。

花乃の腰は一樹の波動に合わせて揺れ動き、甘いよがり声が部屋に響き渡る。

二人の極みは、すぐそこまできている。

「あ、も……、イく……か、ずき……」

朦朧としてきた意識のせいで、言葉がうまく出てこない。

「花乃、一緒に——……」

一樹の汗が滴り肌を濡らし、手を離すまいときつく握られた。

彼の何もかもが、愛しすぎる。

（一樹さん、愛して……います……）

花乃の心の叫びに応えるように、一樹は一際強く突き上げた。

「あぁぁ——っ」

「花乃っ、くっ……」

快感の電流が身体を走り抜ける。花乃は背中を反らし、甘い痺れに全身を震わせた。

身体の奥が熱い——

おびただしい飛沫で濡らされる感覚に、涙が溢れそうになる。中で放たれた熱は、瞬く間に心の奥まで広がった。

イったままの激しく痙攣した膣内は、今もなお打ち付けられる屹立をきゅううんと締め付けている。なんという充実感だろう。幸せのオーラがゆっくり身体を取り巻く。

(一樹さん、一樹さん……)

一樹は荒い息を吐きながらも、花乃の顔を引き寄せて、乱暴なくらいの激しいキスを交わす。すべてを放ち終わった後も余韻を噛み締め、膣中の屹立をグイグイ押し付けてきた。

その勢いで、中に放たれたほとばしりがにゅちゅっと蜜口から溢れ出すが、一樹は一向に抜かない。

「大丈夫か、痛くなかったか?」

ぐったりした様子で荒い息を吐き、動けない花乃を、心配そうに見つめて髪をかきあげる。そのまま汗が滲んだ肩を優しく舐め上げた。

「ふふふ……」

くすぐったい。

彼の気遣いに心が弾んで、笑顔でそれに応えた。

今はなぜか言葉を、発したくない。

この幸福感は、言葉にすると消えてしまいそうだったからだ。

だけど一樹は花乃の笑顔で納得したようだ。

しばらくはその腕の中に花乃の頭を閉じ込め、優しく指先で髪を撫でていた。だが、そのうち身体をずらすと、確かめるように指先で花乃の顔をたどる。

ふと、上唇に優しく触れてきた。

花乃は唇を開くと、その指先を口内に引き入れた。愛しくて口に含んだまま、舌でくちゅと絡め取る。すると唸るような囁きが頭の上から降ってきた。

「花乃……もう一度」

ビクビクと身体の中の彼が蠢く。もうすでに硬くなり始めている。

「あ、あんっ……か、ずき、さん……」

ぐり、と腰を押し付けられ、そのまま繰り返される抜き差しで、身体が揺らされる。

けれどいまだに力が入らない花乃の身体は、上へ上へとずれていってしまう。

「明日は休み……だよな？」

腰に腕が回り、ずれた身体を引き戻しながら掠れた声が問う。

「は……ぃ……っ、あっ、あっ、あっ……ん……」

二人の夜はまだ、終わってはいない。今夜は長い夜になりそうだった。


朝、温もりに包まれて目が覚めた。

ふわっと温かい息が、後頭部の髪にかかる。

視線を下げると、長い腕に身体の後ろからしっかり抱えられていた。

（一樹さん……）

身じろぎをしてみたが、前回ほどにはひりつかない。だけど、やはり腰から下はうまく動きそうになかった。

それもそうだろう。昨夜は結局、深夜遅くまで抱かれ続けたのだから。

さすがに続けて二回も中出しされた後は、しばらく動けなくなった。

ぐったり横たわっていると、彼はベトベトする花乃の身体を温かい濡れタオルで丁寧に拭き取ってくれた。

その時点でもうすでに触れてくる手つきが怪しかったのだが、身体を拭き取っている間に我慢できなくなったのか、まだ濡れている足の間を使って自身を扱いたのだ。

そこまで思い出したところで、花乃は心の中で雄叫びを上げた。

（私ってば、また避妊をし忘れた……）

彼に抱かれると夢中になって、他のことは何も考えられなくなってしまう。

ここは少し冷静にならなければならない。

一樹は健全な大人の男性なのだし、帰国したばかりでパートナーがいない今は、人肌が恋しくなる夜もあるだろう。男盛りの三十代の男性の性欲は、よく分かっている。

それに男性は、たとえ愛がなくても女性を抱けるということも。

避妊をしなかった一樹を責める気は、花乃にはまったくない。自分の始末は自分でつける。

それは花乃にとっては当たり前のこと。

ふと目を向けると、そこにはあれほど恋焦がれていた愛しい人の寝顔がある。

彼は深い眠りに落ちているようで、まだ起きる気配がない。

そういえばこの前の時もそうだった。もしかしたら、朝が弱いのかもしれない。

(その分、夜はものすごく強いようだけど……)

昨夜の激しかった交わりを思い出すと、今さらだが頬が火照ってきた。

一樹の穏やかな寝顔をしばらくじっと見つめ、花乃はそっと声に出してみる。

「愛してます、一樹さん」

この気持ちは、一樹に悟られてはならない。困らせたくないし、今のままで十分だ。

愛している人に一番安全に気持ちを伝えられるのは、伝えたい人が眠っている時だけ……

けど、今だけは、この寝顔も温もりも優しく抱き締めてくる腕も、すべて花乃だけのもの。

「一樹さん……大好き」

二人の関係は、〝恋人〟ではない。

花乃の頭に浮かんだ文字は、三文字。

(これはいわゆる、セフレ、よね……?)

長年枯れた生活を送ってきていた自分が、こんな関係を持つとは信じられない。けれども、恋人でないことは確かなのだから、これが世間一般で言うセフレなのだろう。

セフレの関係が、普通はどれほど続くのかは知らない。けれど、こんな風に抱かれるのなら――引き換えに、残りの一生は独身でも悪くない。そんな気がしてきた。

彼にとって、自分は都合のいいセフレの条件を満たしているように思える。

同じ家をシェアしているし、職場も同じ。手頃な相手としては申し分ない……はず。

二度も抱いてもらえたのだから、自分の身体は気に入ってもらえているはずだ。まあ単に手の届くところにいただけなのかもしれないけど。

(そうよ、努力次第では、恋人を見つけるまでの繋ぎ程度のセフレとして重宝してもらえるかもしれない)

さあ、こうしてはいられない。

仕事もあるしと、まだ慣れない身体に鞭を打って、彼の腕からそうっとすり抜ける。

花乃は階下に下りると、ノートパソコンに向かった。

4　新しい関係

一樹がこの家の住人となって二週間ほどが過ぎた。

そんなある週末の朝。

花乃が一仕事を終え、身支度もすっかり整えた頃に、慌てた様子の一樹が階段を下りてきた。

「花乃、どこにいるんだ?」

「ここです」

花乃はソファーでモップと戯れていた手を止めて、声のした方に顔を向ける。

すると、猫じゃらし片手の花乃を認めた一樹の唇から、安心したような長いため息が漏れた。

「……どうして、俺の隣にいないんだ」

拗ねたようなその顔には、ちょっと驚いた。

「え？　あの、仕事です」と説明すると「そうか」とだけ答えた。彼は足元にすり寄ってきたモップの額を撫でた後、花乃の隣に座る。

大きな手が腰に回り、おいでと引き寄せられた。

「……かずき、さん……？」

一樹は睫毛を伏せて、花乃の髪にその頬を押しつける。

「いないから、ちょっと焦った」

身体に回された腕と、髪を撫でてくる優しい手のひら。そこから感じられる体温は、とても温かい。

「身体は大丈夫なのか？」との問いにコクンと頷けば、唇が動いてふいと耳朶を甘噛みされた。それは、瞬く間に悪戯な愛撫に取って代わり、気がつけばその場で裸に剥かれていた。

（……えっ、あれ……？）

なんだか、とても自然に流された。

内心焦る花乃の朝日に照らされた素肌には、昨夜の濃ゆい情事の後がはっきり残っている。

「花乃、今日は出かけるなら、長いスカートかジーンズを勧める。そうだな、胸元もボタンを上まで留めた方がいいだろう」

……なんでそんな嬉しそうに忠告してくるのだろう。

ふと目を向けると、長い指先が胸元に散る赤いあざを転々とたどっている。

「あ、あの、一樹さん……ちょ、朝食は……？」

何気なく触れられた箇所から伝わる熱で、心がざわめき始めた。それを誤魔化すように慌てて訊ねる。

それに、朝の明るい日差しを浴びながら全裸にされて、恥ずかしくないわけがない。

「気にするな、花乃を美味しくいただく」

「え？　あ……んっ……っ」

唇を重ねたまま、そっと押し倒された。

まさかとは思うが、昨夜あれだけ抱き合ったのに、彼には物足りなかった……のだろうか。

唇をずらして制止しようとした時、花乃は足が閉じられないことに気づいた。

一樹の身体はすでに足の間に割り込んでいる。

「……嫌か？」

顔を胸元に埋めたままのくぐもった声が、確かめるように聞いてくる。

「んっ……んん」

答えはもちろん決まっている。今朝になっても欲しがってくることに驚きはしたが。

だがさすがに「あなたの、好きにしていい」とは口にできず、代わりに身体を少しずつ開いた。

両腕を広い背中に回して、ギュッと抱き締める。

まだ柔らかい胸の蕾を口に含まれると、昨夜から可愛がられっぱなしの身体は早々に快感に呑み込まれてしまい、ぼうっとのぼせてきた。

……胸はどうやら彼のお気に入りらしい。一樹は口の中で硬くなる蕾をしばらく味わうようにゆるゆると舐めしゃぶると、身体をおもむろに離した。腰に手がかかり、身体を裏返しにされる。

「綺麗だな」と低い声が肌をなぞり、背骨にそって唇が下る。熱い舌で昨夜の情痕を慈しむように舐め上げられ、濡れた肌を柔らかく甘噛みされると、鋭い歯先の感触に感じてしまい、背中をびくっと震わせた。

……朝っぱらから、なんて濃厚な愛撫を仕掛けてくるのだろう、この人は。

恍惚としてきた意識の中でも背中に熱い視線を感じる。

（……一樹さんって、普段はあんなに貴公子然としてるのに……）

時々、紳士の皮を被った狼になる。

全身を余すことなく舐められ、かじられてしまうと、そんな思いがなおさら頭をよぎる。背後から回された手で蕾をイジられている胸は、酸素を求め激しく上下した。

大きく身震いして乱れた声を絞り出した花乃に、一樹はようやく満足したらしい。

「続きは今夜に……」

耳の後ろで笑って囁くと、うなじにちゅうと強めのキスを落とす。そして、被さっていた身体を名残惜しそうに起こした。

「すまないが、仕事で出かけなればならない。花乃はゆっくり休んでおいで」

一樹は支度を済ませ、用意してあったサンドイッチを片手で掴むと、「いってきます」と告げて出て行った。

――少しずつだが、彼の生活パターンが掴めてきた気がする。

一樹とシェアを始めてしばらく経つが、今のところ共同生活は極めて順調だ。二人で話し合い、シェアをするにあたってのルールを決めておいたおかげかもしれない。

取り決めでは、平日は花乃が夕食を作り、週末は一樹の担当。モップの餌やりは花乃がするが、動物病院にモップを連れていくのは一樹が請け負う。

基本、花乃は朝番だから、朝早くから忙しい。洗濯機は朝一番で回すだけしかできないが、その分、夕方早くに帰ることができる。

一樹はたいてい昼からの会議が多く、午後は議題で決まったことを動かすために活動する。夜は報告確認や海外とのやり取りもあって、基本遅くまで起きていることが多い。二人はそれぞれの生活パターンを照らし合わせ、結局花乃は〝お願い〟されて一樹の部屋で寝起きを共にしている。そうするうちに、まるで十五年の空白など二人の間にはない――そう感じさせるほど、一樹は花乃の日常に溶け込み始めていた。

さらに、だ。その〝お願い〟の中には、彼の寝起きが悪い時の対処まで含まれていて……

『あの、本当に、そんなことで起きるんですか？』

思ってもみなかったその対処法に目をパチクリさせた花乃に、一樹はニヤッと笑いながら大きく頷いた。

『ああ、絶対起きる』

（でも、彼の身体にキス、なんて……）

特に効果があるのは唇とあそこだと悪戯っぽく言われ、そんなところにしなくても頬や額ぐらいで起きてほしいと切実に思った。

それにしても、彼との共同生活が始まる時に婦人科に足を運んで正解だった。処方してもらったピルはすでに服用済みだし、これならいつ求められても安心して応えられる。

セフレ歓迎、どんと来い、である。

そしてこの爽やかな貴公子は、何かにつけバラを手土産に帰って来るのが癖らしい。

「ただいま、今帰ったよ」の声と共に帰宅した一樹の手には、可憐な赤いバラの花束が握られていた。

「花乃、……土産だ」

さり気なく差し出されるバラは日を追うごとにボリュームが増していき、今夜も帰るなり花束を差し出されたので本気で照れてしまう。今夜のバラは十一本もある。

花乃は、彼にお礼を述べながら頬を赤らめる。

「ありがとうございます。バラは大好きなので嬉しいです」

さすがはイギリス仕込みの紳士だ。こういうちょっとした気遣いにはつくづく感心してしまう。

「知っている……今朝はすまなかった。朝はちょっと、弱くてな」

抱き締めてくるその腕の中で、花乃は思った。それはそうだろう。夜にあれだけ動くのなら。そんな花乃が抱く可憐な花束からは、新鮮な生花の甘い香りがほのかに漂っていた。

結局その夜も、甘く激しい蜜夜を二人で過ごした。

一樹から仕掛けられる優しいおやすみのキスは、週日は軽い挨拶程度なのだが。週末は甘やかな誘惑のごとく深く長くなりがちで。そんなキスに花乃も積極的に応えるせいで、同じパターンを繰り返している。

そして――寝起きの悪い彼からの困った〝お願い〟を実行する機会は意外と早く来た。

その日の朝。花乃はベッドの上で非常に悩んでいた。

（どうしよう、今日は早朝会議だから一緒に起こしてくれって頼まれたけど……）

一樹は花乃を抱き締めながら、ぐっすり寝ている。

綺麗な額にかかるサラサラの髪は、ついつい手を伸ばし触れたくなる。閉じた睫毛の一本一本まで艶々に見えるのは、なぜなのだろう。穏やかな寝息と連動して、わずかに上下する胸部に、花乃の胸はキュンとなる。

平日は抱き枕、週末はセフレな自分が、こんな素敵な人と寝起きを共にしているなんて、今でも夢のよう――

しばらくは、そんな乙女のトキメキに浸っていた花乃だが、やがてハッとして現実に戻ってきた。見惚れている場合じゃなかった。朝の時間は刻々と過ぎていく。

こんなにスヤスヤ熟睡している彼を起こすのは、なんだか忍びない。……のだけれど、思い切って「一樹さん、起きてください」とその身体を揺すってみる。

だけど一樹は少し身じろぎをしただけで、起きる気配がまるでない。

——これはやはり、〝お願い〟された通りにやってみるしかないのでは。

頭をよぎったその方法に多少の戸惑いを覚えるものの、遅刻したら彼が困ってしまう。

花乃は言葉通り、彼の身体——まずは額(ひたい)にチュッとキスをしてみる。

……効果はあまりないらしい。それじゃあ、目元は？　と、次は頬にとキスをしてみる。指定された彼の唇は、自分が離れられなくなりそうなのでやめておいた。

そして首筋、肩までたどり着いたのだが、そこで先に進むことを躊躇(ちゅうちょ)してしまう。

だってその下は……

（……一樹さんって、どうしていつも、上半身裸なの……？）

逞(たくま)しい胸板は、朝日よりも眩(まぶ)しい。けれども、いくらその感触に慣れたとはいえ、自分からその引き締まった肌にキスをするというのは……

誰が見ているわけではないのに、ともかく照れる。

どうして今さら？　彼の肌にキスをする——この程度のことで、こんな気持ちになるのかが本当に分からない。二人で過ごす週末には、彼から求められると自分も大胆に応じているのに。

だが、こんなことで怯(ひる)んでいる暇はない。スマホをチラリと見やって、ひと思いに目を閉じ、胸筋、それから鍛えられた平らな腹筋を唇でたどっていく。照れくささを感じながらも、本当にこんなことで起きるのだろうかと思い始めたセクシーな腰のラインで、ようやく頭の上から掠(かす)れた声が聞こえた。

「花乃？」

よかった、やっとお寝坊さんが目を覚ましてくれた。

「……まだ、足りない」

「えっ？」

「目は、覚めてない」

受け答えはしっかりしているし、目もうっすらだが開いている。起きている気配がありありなのに、一樹は笑って動かない。

「あの……」

「全然足りないな」

いかにも楽しそうな声で、〝足りない〟と言われても……

（これは、もしかして、セフレとして試されてるのかしら……）

なら、望むままに満たしてあげなくてはいけない。

男性が好むプレイなら、知識はしっかり頭に仕入れてある。ネット様々だ。

花乃は逞しい腰に、わざとやんわり手をかけた。

（ええと、確か、適度に焦らす……よね？）

極上セフレを目指し、熱心に熟読した〝おうちで実践！　ベッドでの秘密の神テク♡〟を、素早く頭の中でおさらいする。

彼の熱い視線が痛いほどこちらを注視している。

その熱のこもった目を見据えると、ドキドキしながらもゆっくりボクサーパンツを脱がせた。

本当はこんなこと、とても恥ずかしい。耳の後ろの血管が、ドクンドクンと小さな音を立てる。

そんな花乃を見つめつつ、一樹は腰を上げて協力する。

期待感もあらわなキラキラした瞳で見つめられると、もう頑張るしかない。

花乃は羞恥心（しゅうちしん）に蓋（ふた）をした。

自分からこうして、彼自身をジックリ観察するのは初めてだ。その不可思議な形にも、意味があることは分かっている。それに何よりこれは一樹で、愛しく思えてしょうがない。

視線の先でわずかに揺れる屹立（きつりつ）を、そうっと手のひらで包み込むと、身体をわずかに起こした一樹は気持ちよさそうに目を細めた。

そんな彼の顔を見つめ返しながら、熱い息を先端に向かってふうっと吹きかけた。

「花乃……」

見つめる瞳が、嫌ならやめていいと優しく問いかけてくる。

でも、ここでやめたりはしない。

彼は欲しがっている。だからこそ……なのだから。

欲望の証（あかし）である滑らかな先端部からポツンと滲（にじ）み出た雫（しずく）を、舌を出してペロリと舐め取る。

（ん、こんな味なのね）

囁(ささや)くように「一樹さん、起きて……？」と一樹の〝お願い〟であったキスをチュッと落とすと、それはまるで生き物のようにぴくりと蠢(うごめ)いた。続けて花乃は温かい舌で、いきりたつ彼を猫が毛づくろいをするように舐め始めた。

一樹は満足げに己(おのれ)を委(ゆだ)ね、その身体をまたベッドに横たえる。

花乃がゆっくりと先端を口に含むと、愉悦に浸(ひた)る低い唸(うな)りが彼の唇から漏れた。

気持ちよさそうに、目を閉じている。

そんな彼のご満悦な様子に、心が浮き立つように弾んでくる。

これまで、一樹から求められた時は花乃だけが気持ちよく啼(な)かされた。

だけど、自分が彼を気持ちよくさせるという喜びも、同じくらいイイ……

とはいえ、彼は大きすぎていっぺんに含めない。その分、丁寧に彼が感じるところに舌を這わせていく。

そのうち、じっとするのに我慢できなくなった一樹は、「花乃……」と呼びかけながら腰をわずかに上げて花乃の口に出し入れを始めた。

じゅく、ぐちゅと濡れた音が、早朝のベッドルームで二人の二重奏を奏でる。

聞いたこともない彼の喘(あえ)ぐような息遣いに、自分では出したこともない彼を啜(すす)る淫(みだ)らな音のハーモニー。この部屋は外から切り離された別世界のようで、ここでこうして彼と甘い時間を過ごしていると、わずらわしい日常など忘れてしまいそうになる。

それに何と言っても、朝でも昼でも、たとえ寝ている時でも、一樹から〝欲しい〟というサインを読み取ると、花乃は単純に嬉しくなる。どんなに淫らな行為でも、恥ずかしい姿を見せることになっても、一樹であれば許せる。

彼だけだ、自分がこんな姿を晒せるのも、すべてを委ねてしまえるのも。

そんな甘美な密愛に浸りきっていると、彼が掠れた声を上げた。

「花乃、出る、離してくれ」

だが、花乃は聞こえないふりをした。そのままさらに激しく舌を絡ませて、雫が湧き上がってくる滑らかな先端を舌先で刺激する。きっちり最後までやらなければ。

だからわざと追い詰めるように、脈打っている彼を強く吸い上げた。

「くっ」

一樹の唇から、口惜しげな息が吐き出される。

同時に、どくどくっと温かい彼の体液が口に流れ込んできた。それを無理には呑み込まない。口に含んで、ゆっくりと嚥下させる。何度もコクンコクンと喉を鳴らすが、まだまだ一樹の情熱は流れ込んでくる。含みきれなくて口端から粘り気のある雫が流れ落ち、薄いレースにポトリポトリと染み込んでいく。

やがて何とか最後まで呑み込む花乃を熱いまなざしで見守っていた一樹は、ゆっくり身を引いた。

「……朝から刺激が強いな」

紅茶色の瞳が嬉しそうにキラリと瞬いて、濡れた口端を親指で拭われた。

「ありがとう、花乃。今日も頑張れそうだ」

「あっ！」

そうだった。今日はまだ平日、この後仕事が待っている。

花乃は途端に、バサッとシーツをはねのけて飛び起きた。

「一樹さん、さっさと起きてください。朝ごはんの用意をしてきます」

そう言い残すと、急いで階段に向かった。

ベビードールの裾が揺れて白い太ももを晒した後ろ姿が、それこそ捕まえてとばかりに男心をくすぐるものだったことに、本人は気づいていない。

花乃の頭は、すでにいつもの日常に切り替わっていた。

(朝は簡単なものでいいかしら。手早く食べられて、ボリュームがあるものといえば……)

早速台所に立って、朝食を作り始める。

だから、一人残されたベッドルームから、一樹の盛大なため息が漏れ聞こえてきたことにも気づかなかった。


その日の朝。遅刻もせず会社に出勤した花乃は、サーバー室で部下と通信機器のメンテナンスを行なっていた。

一樹は同じビルの社長室の椅子に、ゆったり座っているはずだ。

普段は上座の人事など社員の間でも滅多に話題にならないのだけれども、一樹は華やかな容姿とその輝かしい経歴もあって、就任前から噂になっていた。堂々と就任の挨拶を済ませた日からは、社内は何かにつけ彼の話題で持ちきりだ。

そんな中で、元からゴシップには我関せずの花乃の態度は、いつもと何一つ変わらない。

……はずなのだが、さすがの花乃も今朝のお願いは刺激が強すぎたのか、いまだ一樹のものが喉に絡みついている感じがしている。

——セフレとして自分は、上手くやれているだろうか……？

今朝の出来事を思い出すと、ついつい考えてしまう。

行為の最中は一樹の熱に掴まり、花乃も夢中になって応える。それに一樹は、事後に思い出すのも恥ずかしいほどの甘い睦言やピロートークを好むのだ。今朝はそんな時間がなくて、すぐ素に戻ってしまった。彼につまらないセフレだと、呆れられていなければ良いのだけれど。

朝から何杯目かの温かいコーヒーを飲み干すと、花乃はさてと気持ちを切り替える。

今日も、機械音は賑やかだが人気のないクーラーのガンガン効いた部屋で、設備点検だ。

見ただけでうんざりする数のケーブルと、それらに繋がっている機器を淡々と確認していく作業だが、点検も終盤になると柄にもなく部下相手にこの頃気になっていたことを質問した。

「ねえ、高田。セフレって、男の人からすると、どういうものなのかしら？」

高田は、上司の口から突然飛び出した突拍子もない質問に、一瞬間を置いた後、おかしなものを見るような目を向けた。

「は⁉　成瀬王子……一体どうしたんです、唐突に？」

「セクハラ相談でも、されましたか？」と言いながらも、本人のことではないだろうと思い込んでいる部下に、真面目に答える。

「いや、単に、男性と女性って、たまに物に対する考え方が、微妙に違うじゃない？」

「あ～、まあねえ、王子にはちょっと理解が難しい……ですかねぇ？　しかし、なぜ僕にそれを聞いてくるんです？」

「だって、高田って私のこと、全然女として見てないでしょ」

「それに少しぐらいごり押ししても、大抵のことにはちゃんと答えてくれるし」と続けると、高田は小さなため息をついて頷いた。

「そりゃあ、社内恋愛ほど面倒くさいものはないですからね～。補佐は論外です」

あり得ないと言い切った後、「いやでも、仕事に関しては尊敬できますよ」としっかりフォローしてくる。だがしかし、本気で関わりたくないとその目は告げていた。

「だからよ」

「あ～、なるほど……」

顎（あご）を撫でながら、高田は面白そうに言葉を続ける。

「セフレはまあ、男にとってはズバリ、都合のいい女ですね」

「都合のいい女？」

「彼女とか妻みたいな恋愛対象ではなく、友達でもない。ほらねえ、友人関係だとややこしくなりますからね。ようするに、身体に飽きたらバッサリ切れる女ですよ」

「……なるほど」

やはり自分が思った通り、条件はぴったり合う。

（つまりは、今は一樹さんに女性扱いしてもらえてるんだわ）

これはちょっと嬉しい事実だ。

セフレと呼ばれて喜ぶ人は少ないだろうが、ちょっぴり焦点のズレた花乃が興奮する沸点はとても低かった。確かに昔と違って、身体の肉付きはずいぶん良くなったし、と納得する。

「それって、一応、セフレを女性として見てるってことよね？」

「……質問の意味がよく分かりませんが、相手をいつでも気軽に抱ける、かつ何の後腐れもないからこそのセフレです。女として見ているというよりは、物扱いと言った方がいいでしょうね」

高田の言葉は、セフレは人扱いされない、感情抜きであっさり捨てられる、という意味であったのだが、自分をセフレだと信じている花乃は、その言葉の取り方が微妙に違っていた。

「物扱い……代用品、本命の代わりみたいなもの？」

「あ～、そんな場合もあり、ですね」

「これ以上のコンサルティングは、相談料をいただきますよ」と、ちゃっかりと要求してくる男に、花乃は心底呆れる。「ガメツイわね……」とケーブルの配線チェックを終えて、ふと口にする。

「つまりは、この貸し出しルーターみたいなものよね。メーカーに注文したもの（本命）が届くまでの代用品だから」

「……セフレをルーターに例えるのは補佐ぐらいでしょうが、まあ間違いではない。ですかねぇ……？」

大体の概念はこれで把握できた。満足した花乃は、さてと、とあっさり仕事の話に戻る。

「ところでちょっと、コールセンターのことで相談があるんだけど」

「……ここでいきなり、ガッツリ仕事の話に持っていけるあたり、ほんと補佐らしくて尊敬ものです……」

「は？　仕事してるんだから、当たり前じゃない。今度新しく派遣で入ってきた、ヘルプデスクなんだけど……」

主任に相談する前に、一応部下の意見も聞いておこうと、花乃は仕事の話を続ける。

面倒くさがりでも、高田の専門知識は頼りになる。花乃は、ヘルプデスクの不可思議な動きについて説明した。ヘルプデスクは通常パソコンのサポートが主な業務なのだが、用事のないコールセンターのデータベースになぜかアクセスしているのだ。

「ね、このログ記録、明らかにおかしいわよ」

「あぁ、これは——ちょっと待ってくださいよ。このＩＰ……まさか内部ですか——」

スクロールすると次々映し出される画面を見る高田の顔が、だんだん曇ってくる。

やはり高田も同じ意見だ。あちゃーといった顔をする部下と、今後の対策についてどうすべきかを手短に意見交換した。

そして主任とも話し合った結果、問題が起こっているコールセンターのデータに関しては早急に手を打ち、さらには上に報告することが決まった。

その日のお昼近く。

「成瀬さん、ちょっと」

倉田主任が珍しく昼でも出かけていないと思ったら、デスクに呼ばれた。

「これから例の件を社長に報告しに行くから、一緒に来て詳しく説明してもらえる？」

会社では、今まで一樹と何の関わりもなかったのに、ここに来ていきなりの接触予告に鼓動が速まる。

(仕事、仕事だから、落ち着いて)

「もちろんです」

顔色一つ変えず頼もしく頷いた花乃を、倉田は頭を掻きながら「じゃあ行こうか」と促した。

「しかしながら主任、社長に直々報告とは、これまたイキナリですね」

「ああ、それはね、僕の判断で部長報告を飛ばさせてもらった」

(……部長報告を飛ばしたって、大丈夫なのかしら……)

自分たちの部署を統括している芝安部長の、眼鏡をかけた顔のこめかみに、怒りマークが浮き出る姿が目に浮かぶ。

倉田の下で二年も働いているのに、いまだに仕事ができるのかできないのか、本当に分からない。

倉田は、ひょうひょうとしていて年齢も若い。遅刻の常習犯かつ、いささか放任主義でもあるが、細かいところにまで目を配れる人で、指示はいつも的確だ。そんな主任から突然振られた質問に、花乃は至って冷静に答える。

「成瀬さんは、入社何年目だっけ」

「六年目になります」

「そうか……、じゃあ、今の部長が、本店の常務ととても親しいって知ってる？」

「いえ、本店に関してはまったくです」

「あはは、そうだろうねえ、さあ、着いたよ」

タイミングよくポーンと音がして、エレベーターが社長室のフロアに停まった。

静かな廊下を主任と肩を並べながら歩く花乃の頭は、上司の先ほどの言葉を冷静に分析していた。

今回の件は、ちょっと面倒なことになりそうだ。

そうして着いた社長室の前のデスクは、秘書らしき女性に陣取られていた。

（あ、この女性は……）

間違いない。一樹と一緒にホテルのバーにいた女性だ。人目をひく、髪の長い美人だった。

彼女はあの時、自分を直接見ていないはずだが、彼女はなぜか納得顔をして、軽く頭を下げて挨(あい)拶(さつ)してくる。華やかな笑顔に花乃はニコリと笑い返した。

「あ～如月(きさらぎ)さん、天宮社長は部屋にいらっしゃるかい？　会議のついでに、お昼をご一緒する約束をしているんだが」

「はい、伺っております。お待ちください」

倉田の来訪を内線で告げる姿にも品がある。いかにも女性らしいその仕草に、花乃は思わず見惚れた。

「ええ、はい。一緒にいらっしゃいます。ではお通しいたします」

「どうぞ」と丁寧に案内されて、倉田に続き、花乃は初めて社長室に足を踏み入れた。

「花乃、ようやく会社で会えたな」

スーツ姿がバッチリ決まった一樹が、足早に近づいて来る。そしてあろうことか、社長室のドアを閉めた途端、倉田の前にもかかわらずいきなり花乃を固く抱き締めてきた。

「あ、あのっ、天宮社長、ここでは成瀬でお願いします」

驚いた花乃は硬直し、何とか動いた口で一樹に注意を促す。

（か、一樹さん！　会社、ここ、会社だからっ）

いつも冷静な一樹の行動とは、とても思えない。

パニック気味の花乃に窘められても、その身体に回った手は一向に緩められなかった。

「……あの～、僕の存在、忘れてないですか？　かず兄さん」

呆れたような口調の倉田が、一歩下がって、こちらを面白そうに眺めている。

「……なんだ、そういえば、お前もいたんだったな」

「ひどい、それはないいんじゃないの？」

「特に用事はないんだろ。ご苦労だった。昼に行っていいぞ」

（かず兄さんって……）

倉田の一樹への呼びかけに花乃は驚いた。軽口を叩き合っている二人は、どう見ても親しい間柄だ。社長である一樹と上司である倉田とは、一体どういう関係なのだろう？　そんな疑問が花乃の頭に浮かぶ。

「ちょっと、紹介もなしでそれは……さすがの成瀬嬢も、固まってるよ。いやあ、ほんと、彼女しか見えなくなるんだな、これはちょっと、予想外だったわ」

倉田は頭を掻きながら、花乃を放そうとしない一樹を意外そうに見た。戸惑った様子の花乃に、一樹は倉田を改めて紹介した。

「花乃、倉田は俺の〝はとこ〟なんだ。見かけと違って割と頼りになる存在だ」

「はとこ……なるほど、そうだったんですか」

どうりで、この二人がこんなに親しげだったわけだ。一樹に頼りになると言われた倉田は、嬉しそうに「今後ともよろしく」と手を振った。

「ほら、そろそろ放してあげなよ」

「余計なお世話だ」

その時ちょうど、卓上の電話が鳴った。

「ちょっと待っておいで、花乃」

「おいおい、僕は……？」

呆れた口調の倉田を尻目に一樹が電話を終えると、すぐに社長室がノックされた。

先ほどの秘書の女性から、重箱のようなランチボックスを受け取った。一樹は、それをソファー前の大きな机に置く。

「忠(ただし)、この部屋はクリアだな？」

下の名前を気軽に呼び捨てにした一樹に、倉田は当たり前のように頷く。

「大丈夫だよ、セキュリティチェックは毎日してる」

「さすがだな」

「お、やっと褒めてくれた」

ちょっと照れた顔の主任が、こちらを見て笑う。

（セキュリティチェック？）

聞き慣れない言葉に、花乃は思わず部屋を見回す。そこで初めて気づいた。

この社長室は、驚くほどシンプルなインテリアで構成されていた。大きな重役机と椅子、座り心地のよさそうなソファーとテーブル、それ以外は低い本棚があるだけ。壁には何もかかっておらず、本棚もほとんど何も置かれていない。

けれどもカーペットは落ち着いた色で高級感があり、それぞれの家具はドッシリしていて、さすがに安物ではない。

「今は昼休みだし、これはプライベートな紹介だから、気にしなくていいよ、成瀬さん。それに報告の件は、もうかず兄さんも知ってるから、後は二人でお昼でも食べてて」

倉田は、「僕は単に、ダシに使われただけだから」と続ける。

「こうでもしないと、花乃と接点が持てないからな。お前もなかなか、役に立つじゃないか」

「……堂々と口実と認めるあたり、さすが、かず兄さんだよ」

呆れたように呟（つぶや）いた倉田が社長室から出て行くと、一樹は早速花乃の手を引っ張る。

「さあ、一緒にお昼を食べよう」

「……はい!?」

ソファーに座った一樹に、隣に座れと、ポンポンと場所を指定された。

「あの、主任は……」

「他に仕事があるから気にするな。あいつは、もともとは探偵を目指していた変わり者でな。だが花乃も知っての通り、情報技術の腕はなかなかだし、興信所よりかはましな給料が出るとアドバイスしたら、入社してきたんだ」

（ふうん、そうなんだ……）

どうりで部長の身辺にやけに詳しいわけだ。

主任の意外な一面に感心しつつ、お腹が空いていた花乃は彼に誘われるままお箸を手にする。

「……この昆布巻き、絶品ですね」

「このあたりで評判の料亭の重箱弁当だそうだ。口に合ってよかった」

嬉しそうに笑った一樹が「花乃、ほら、これも食べてごらん」と鴨肉を差し出してくる。

「え？　あの……」

「ほら、口を開けて」

目の前に箸を差し出され戸惑うものの、社長の勧める酒、否、肉を断ることなどできない。自分でも彼に甘いと思いながらも、おずおず口を開けた。わざわざ箸を口元まで運んで食べさせてもらった一品は、確かに美味であった。

期待感もあらわに反応を待っている一樹に、こうなったら……と、潔くこのお遊びにとことん付き合う覚悟をした。「この、エビしんじょうも、美味しいです」と返しの酌代わりにこちらからも食べさせてあげる。

こんなやり取りはいつぶりだろう。本当に懐かしい。

昔は一つのお箸で、花乃の作ったお弁当をよく食べさせ合いっこした。あの時と何一つ変わらない。今は箸もちゃんと二人分あるのに、それぞれの箸で食べさせ合い、だ。

一樹は遊び心でしているのかもしれないが、花乃にとってこのやり取りは、とても親密度が高い愛情表現に他ならない。

(やっぱり、こんな歳になっても、これはドキドキするわ……)

そんなことを考えながら、美味しいものをお腹いっぱい食べて大満足のランチを終える。

「ふう、久々に仕事中に充電できたな」

毎日精力的に働く一樹は、さすがに平日は花乃を抱くことはなかった。昨夜も夜遅くまで仕事だ。その分、週末は信じられないほど濃密な夜を二人で過ごす。その記憶はいまだ新しく、花乃は彼と暮らす幸せな日々を思い出して頬が緩んでしまいそうになる。

ちなみに平日の一樹は、毎晩ベッドに入ってくると、寝ている花乃を優しく抱き締めて朝まで離さない。

朝起きると必ず後ろから抱えるように抱き締められていて、なるほど、抱き枕とはよく言ったものだと感心している。

「……一樹さん、あんまり、根を詰めすぎないでくださいね」

今は元気そうだが、会社の経営を背負うのは大変な責務だ。彼の健康面が心配になる。だが一樹は悪戯っぽく笑うと、じっと心配そうに見つめてくる花乃の鼻を軽く摘んだ。

「花乃、心配するな。俺の体力が底なしなことは、花乃が一番分かっていると思うんだが」

そう言って、花乃の膝に頭を乗せてくる。

「っ、会社で不謹慎ですよ、あ、そんな、顔をぐりぐり押し付けないでください」

「こうすると、気持ちいい」

太ももに顔を押し付けてくる一樹を、こんなところ、他の人に見られたら……と思いながらも、その額にかかる柔らかい髪をかきあげる。

（ほんと、巷では〝天宮殿下〟とまで呼ばれているのに、いいのかしら……）

昔もこうして、膝枕をしてあげたことがあった。

雪がちらついていたあの時の公園のベンチと違って、今は社長室のソファーに寝そべっている。

膝枕を楽しむその姿は、それでもやっぱり麗しくて品がある。

特に女子社員からつけられた〝天宮殿下〟というニックネームを、花乃は言い得て妙だと思った。

「花乃、一緒に昼寝しよう」

「ダメです、勤務中ですから」

「仕方ないな。じゃあ、キス。キスで我慢するか」

一体全体、何を我慢するというのか……？

一樹に袖をクイクイと引っ張られて、花乃は仕方なく頷いた。

「……しょうがないですね」

だが、キスぐらいならまあいいかと思ってしまう花乃も、すでにかなり毒されていた。彼の思惑通り、まんまと誘導されている。

返事を聞くなり、あっという間に起き上がった一樹の長い腕が伸びてきて、ソファーに押し倒された。

「あっ、何をするんですか⁉」

「言質を取った」

その一言と同時に、唇が重なってきた。唇を軽くチュ、チュと啄まれた後は、二人同時に口を開いてキスが甘く深くなる。静かな社長室で淫らな音と吐息だけが、くちゅ、ちゅく、としばらく響いた。

「つん……っ……んん……」

夢中になって上になり下になり、お互いの身体に手を回して、熱いキスを飽くことなく交わし続ける。不意に花乃のポケットからメッセージの受信音が流れた。

「――あっ……」

我に返った花乃は、ここが会社であることをようやく思い出した。

「……よだれ」

一樹は堂々と落ち着いていて、スーツの袖口で唇を拭ってくれる。

「っ……、すみません、あの、これで失礼します」

恥ずかしくなった花乃は彼の手が離れた途端、小走りで部屋を飛び出した。

(落ち着いて、今日はグロスしかつけてないわ……)

幸い周りのデスクは皆空っぽで、さっきいた秘書の女性も昼休みで席を外しているようだ。スマホでさっと時間を確かめれば、まだまだセーフ。

花乃は周囲に目を配りながら、急いで化粧室に飛び込んだ。

鏡を見ると、ホッと胸を撫で下ろす。少し紅潮している以外は、普段とまったく変わらない自分の顔だ。

こんな風に会社で焦ったのは、ずいぶん久しぶりな気がする。

(ほんと、一樹さんったら、イタズラにも程があるんだから)

だけど、この平日は軽い挨拶程度のキスばっかりだったので、少し夢中になってしまった自分にも責任がある。

今朝の濃厚なお願いのお返しなのか、今日はとても豪華なランチをご馳走になった。続いて交わした悪戯なキスのせいでドキンドキンと鳴り響いていた心臓が、しばらくして平常に動き出す。

ほどよく頭が冷えたところで、花乃はデスクに戻ってきた。そして何事もなかったかのような顔でパソコンに向かう。

(さてと、久々に本気モード突入かな)

先ほどの一樹と倉田とのやり取りで、今朝報告をした件が本店と何らかの関係があることが分かった。ならば問題がややこしくなる前に下調べをして、解決策を模索した方が良いだろう。

それに倉田に了承を得たことだし、コールセンターのデータに関しては早急に手を打ちたい。

「ちょっと高田、水野も。二、三時間ほどかかってくる電話、すべて押さえておいて」

隣でメロンパンをくわえている高田に声をかけると、花乃は水のボトルを引き出しから取り出す。

「は？　え、今からですか？」

画面から目を離さず頷くと、諦めたような声が聞こえた。

「分かりました。終わったら声、かけてください」

高田は「今から王子全開、所要予定時間は三」と書いた付箋メモを、向かいに座る水野のパソコン画面の上にペタッと貼り付けた。熱心にスマホを弄っていた部下は、やっとこちらを向く。

「え～、まだ昼休み、十分残ってるのに～」

「じゃあ、今日は二十分早く帰っていいわよ」

キーボードを打ちながら答えると、水野の目が途端に爛々とする。

「任せてください！　高田っち、僕にも電話転送していいよん」

(よし、これで後は、と)

花乃は予備のモニター画面のスイッチを押す。まずは、内部の問題から調べてみることにした。

画面の上部で部下二人のグループチャットが、動き出す。「これって、例の件?」「たぶん、そうだろ?」と流れていく画面を見守って、「正解」と一言だけ付け加えた。チャットに切り替えているあたり、やはりこの二人は分かっている。

任せて安心だろう。

花乃は部下二人と共に、午後は脇目も振らず働いた。

その日の夜、花乃は一樹の好物を夕食に作ることにした。夕方に倉田に報告した件は、一樹にとって難しい問題になりそうだから……きっと、疲れて帰って来るに違いない。

「ただいま、花乃。今帰ったよ」

「一樹さん、お帰りなさい。ご飯にしますか、それともお風呂が先ですか？」

予想通り帰りが遅かった一樹はお腹が減っていたのだろう、花乃の言葉に嬉しそうに即答した。

「そうだな、今日はお腹が空いたから、夕食を先にいただくよ」

「今、持って行きますから」

キッチンに入っていく花乃の後を、彼はついてくる。そして温めていたお鍋の前で、後ろからゆるく腰を抱き込まれた。そのまま花乃の肩に頭を預けてくる。

「はあ、お腹が減って、もう倒れそうだ」

「一樹さん、まさか……よだれを拭いているんじゃあないですよね」

お昼にからかわれたお返しである。

だが、笑った拍子に手元がお留守になり、お味噌汁が危うく溢(あふ)れそうになった。

「……花乃の肩が、ちょうどいいところに」

「一樹さんっ、本気で拭かないでください！」

焦って小さく抗議の声を上げた途端、抱き締めてくる腕に力がこもった。

「離さないと、キノコの豚肉炒めはおあずけです」

「花乃、すまなかった」

手が離れると同時に即答だ。やはりご飯の効果は偉大である。

そのまま大人しく夕食を食べ始める一樹の前で、花乃はお茶をのんびりと啜る。

彼の帰りが遅いと決まっている日は、先に夕食を済ませるのだが、こうして一緒に食卓について共に過ごす時間が結構好きだ。

「今日も、忙しかったのですね」

「ああ、少しゴタゴタし始めた」

(就任早々、なんとも厄介な案件が上がってきたものね)

一樹の言葉に、内心で大いに頷く。花乃はちょうど良い機会だわ、と会話を続けた。

「あの、一樹さん、食事中に申し訳ないのですか、仕事の件でちょっと質問していいですか?」

改まったような花乃の態度に、一樹はもちろんだと頷く。

「本店ではCedjon & Co.でのOEMの件、規格外製品の処理はどうするつもりなのか、ご存知ですか?」

「花乃、なぜそれを――」

セジョンとは、花鳥コーポレーションの取引会社だ。

本店で新しいブランドを立ち上げるにあたって、製品の製造を委託している。

昼間に問題とされたヘルプデスクの新人は、化粧品部門のデータベースへの不審なアクセスを試みていた。本店内部の調査とログ解析の結果、どうやらセジョンで生産された新ブランド製品の情報目当てではないかと花乃は結論づけた。コールセンターのデータ分析でも苦情件数が増えつつあるこのブランドの製品は、調べたところ規格外製品を大量に在庫に抱えており、経常利益に影響を及ぼすであろうことが推測される。きっと内部ハッキングとなんらかの繋がりがあると見て間違いない。

花乃からのいきなりの質問に、一樹は驚いたようだ。箸を止めて、まじまじとこちらを見つめてくる。

「昼に主任から、今回の件は芝安部長に報告をしなかったと聞きました。そして部長が本店の常務ととても親しい、とも」

「……まさか、たったそれだけの情報で、セジョンにまでたどり着いたのか」

頷く花乃を見る一樹の瞳は、色々な感情を映し出している。

花乃は、内部の犯行の可能性が極めて高い今回のハッキングの件はもともと自分が報告した問題なのだし、一樹にどう思われようと、なんとか彼の手助けがしたかった。

倉田が部長にわざと報告をせず、その部長が本店の常務と親しいと聞けば、当然、会社内部で何かあるのだろうと予測できる。今日調べて初めて知ったが、常務は本店の新ブランドの立ち上げに深く関わっているらしい。

「それで、処理はどうなるんでしょうか？　損失計上されるんですか？」

「そうだな、転売の有無にかかわらず、計上はやむを得ないだろう」

「それは、一樹さんの経歴に、傷がつく問題なんですか？」

「いや、俺とは直接は関係ない。あくまで本店の損失だ。だが……」

（うーん、一体どういうことなんだろう……）

彼に直接関係ないとすれば、一体何が問題なのだろう。もちろん経常利益が減ることは、本店社員の一樹からすれば避けたいに違いないのだが。問題はそこではないような気がする。

「もしかして、天宮専務と東城常務の間に、何か確執があるのですか？」

「……まったく、子会社にまで噂が広がっているのか」

「あ、それは違います。ただ単に今回の件での私の推測です。花鳥ＣＲＭシステムでは、そんな噂、聞いたこともありません」

そう答えると、一樹は考え込むような顔をする。

彼に言ったことは本当だ。今日まで、本店の専務の名前が〝天宮〟だということさえ知らなかった。

この事実を知った時に、最初に一樹が専務と同じ名字であることに注目した。また、東城常務が音頭を取って始めた格安ブランド参入について、天宮専務が反対したことは、議事録を調べればおのずと分かった。

「本店の社長はこの頃体調を崩されていて、入退院を繰り返しているんだ。副社長は取締役会で社長職に興味がないことを宣言されている。専務と常務は、二人とも次期社長候補なんだ。天宮専務は俺の伯父でね、彼には子供がいないから、俺が養子に入ったんだ。昔からよくしてもらっているし、後々のために彼に恩を売っておきたい」

彼の父親が亡くなっていることは昔聞いていた。この天宮専務は彼の父親代わりの人なのだろう。

「つまりは、天宮専務は一樹さんの味方、ですか？」

「そうだな」

「では、東城常務は？」

「……彼とは考え方が、合わなくてね」

ようやくこれで、今回のハッキングに関する構図が見えた。本店の社長候補である二つの陣営の勢力争いが関わっている、というわけか。

このハッキングが最後まで発覚しなければ、コールセンターで入力される苦情情報は都合よく操作されたままだっただろう。格安ブランドへの苦情は、本店ではあまり問題視されない。商品の委託先の生産ラインに問題があるとはいえ、ブランドはまだ試験段階で今のところは利益が出ている。不良品は会計上write-off（回収不能扱い）されるだけで、つまりは東城常務のアイデアが評価される結果となる。

反対にハッキングが露見すれば、花鳥ＣＲＭシステムの責任者であり、天宮専務の養子である一樹は、データ改ざんを見逃した管理責任を問われる。ひいては天宮の勢力を削ぐことになるのだ。どちらに転んでも常務に有利になるよう計画されている。社長室でセキュリティを気にしていたのは、盗聴防止のためなのだろう。

今のところハッキングは成功していないが、何かあったら大事なので、倉田から許可をもらって防止、追跡措置を施している。

「一樹さん、コールセンターのデータに関してはもう手を打ちましたので、心配しないでください」

「ああ。忠から報告を受けたよ」

そう言った一樹はしばらく考え込んだ後、ある提案をしてきた。

「花乃、この件、もう少し詳しく知りたいか？」

「――いいんですか？」

本店のかなりセンシティブな部分に触れることになるが、一樹の将来にも関わってくるであろうこの問題には、しっかり対応したい。自分の管轄でもあるし、今後のためにも、できることなら正しい情報を把握しておきたかった。

花乃の、可能であればぜひという意思が見え隠れする返事に、一樹は笑った。

「もちろんだよ。俺の一存でこれ以上を語ることはできないが、伯父からなら、花乃が知りたいことが聞けるんじゃないかな」

「では、もしかして……天宮専務に会わせていただけるんですか？」

「いいよ。花乃が会いたいのであれば」

花鳥コーポレーションのトップの一人と直接会う。予想外の成り行きに、花乃は驚きを隠せない。

けれども、今度の件は仕事も絡んでくるし、原因がはっきりしないと判断にも困る。花乃は覚悟を決めた。

「はい、よろしくお願いします」

そんな花乃をしばし見つめていた一樹は、ゆっくりとその両手を握り締めた。

「俺も、いずれは紹介するつもりだった。こんな形になるとは思わなかったが」

こちらを見つめる綺麗な瞳が和み、一樹は「では、喜んでセッティングしよう」と頷いた。

◆◇◆

それから数週間後の、青空が広がる清々しい朝。

花乃はビジネスモードの凛々しい服装で、巨大なビルの前に立っていた。隣には頼もしいスーツ姿の一樹がついている。ここまで二人を送迎してくれた運転手に「ありがとう」と告げると、「いってらっしゃいませ」と車は走り去った。

「花乃は、本店は初めてだよな？」

「はい、実際に訪れるのは初めてです。ですが、本店のデータセンターの管理も管轄なので、ソフトの面ではサポートさせていただいています」

「そうか……俺の側を離れるなよ」

「……大丈夫です」

本店は確かに大きなビルではある。だけども……

(この歳になって、ここまで心配されるなんて、さすがに思わなかったわ……)

ビル前の噴水からは、心を癒(いや)される爽(さわ)やかな水音が聞こえてくる。なのに、こんな子供扱いに、ため息が出そうだ。

まあでも、これくらいいつものことなのだから気にしてもしょうがない。

花乃は姿勢を正し、オーダーメイドのスーツが似合いすぎな一樹の横で、キビキビと歩き出す。

守衛室でビジターパスを受け取ると、一樹の後に続きゲートを通り抜けた。

途端に目に入った風景に少し驚き、しばし足が止まる。女性、女性、女性。なんと女性の数が多いことか。

(そうか、そうよね、だって本店の本業分野は……)

世界中で化粧品、生活コンシューマープロダクト事業を展開する本店で、女性社員の数が圧倒的に多いのはもっともだ。

それに比べて、花乃の属する情報システム部は、いまだ男性が多い。

だからこそ、普段コールセンター以外では滅多に目にしない大勢の女性が颯爽(さっそう)と闊歩(かっぽ)する光景は、新鮮に映った。

ふと、頭の隅を嫌な予感が駆け抜ける。

「まあっ、天宮さん、お久しぶりです！」

そしてそれを裏付けるように、まずは、先触れの甲高い声が上がる。

続いて、女性たちの嬉しそうなざわめきが瞬(またた)く間にさざ波のように広がった。

「今日いらっしゃるって噂、本当だったんですね」

「今回は、いつまでこちらに？」

華やかな女性たちが一斉にこちらを、いや、一樹を目にすると、わらわらと寄ってきた。

吹き抜けの明るいロビーがたちまちたくさんの女性で溢れ返る。

「やあ、皆さん、お元気でしたか？　今日は会議があるのですよ。ですので、申し訳ありませんが、ゆっくりお話しできないのです」

まるで選挙前の立候補者のように、爽やかな笑顔であらゆる女性と握手を交わしている。そんな一樹を、花乃は思わずジト目で見つめてしまった。

「……天宮社長……」

意図せずその名を呼んだ低い声が、小さく漏れた。一樹はそんな花乃を見て、安心させるように語りかけてきた。

「成瀬。――誤解してもらっては困る。彼女たちは、ほとんどが既婚者だ」

……その情報を、一体、どういう風に受け止めろと？

すでに圧倒的な数の女性たちに周りを囲まれた一樹は、花乃との距離を微妙に離されている。

すると、一樹の言葉を聞いた周りの女性たちが、一斉にコロコロと笑い出す。

「まあ、女性はいくつになってもトキメキには弱いもの。それに、私たちはみんな、天宮さんのサポーターでしてよ」

「そうですよ、社員の一人として応援していますわ」

それを聞いた途端、花乃のメンタルは百八十度切り替わった。

なるほど、この女性たちは一樹の大事な協力者、つまりは味方なのだ。

（そうであれば……）

花乃のすべきことは決まっている。

彼女たちも、一樹が花乃に何とか自然に近づこうとしているのに気づいたようだ。

「天宮さん、こちらは……？」

「お見かけしたことのない、社員の方ですわね」

「だけどまあ、なんて……」

花乃は子会社に属するため、首にぶら下げたビジターパスには社員の一員であることが示されている。

今日もいつものようにパンツスーツのスタイルなので、彼女たちの目には女性らしく映っていないことだろう。

女性にしては背が高い花乃は、国内メーカーではサイズが合わない。だから、身につけているのは、上から下までめぐみの父親の会社を通して格安で購入しているイタリアブランドもの。格安と言っても、現地の工場から直接買い付けをしてもらっているだけで、決して粗悪品ではない。グレイや茶色の地味な色であっても、カット線の美しさが際立つ。ちなみに花乃のベビードールなどの下着類は、フランス製が多い。

そんな花乃を、女性たちは不思議そうに見つめている。

花乃は極上の笑みを浮かべ、女性たちに向き直った。

「初めまして、花鳥ＣＲＭシステムの成瀬と申します。本店は初めて訪れましたが、華やかな雰囲気に圧倒されますね」

「あぁ！　天宮さんが今度経営を任された会社の方でしたのね」

「はい、お世話になっております」

「成瀬、挨拶などいいから、こっちに来い」

いまだに先へと通してもらえない一樹は、しびれを切らしたようだ。そんな一樹を、花乃は堂々と窘める。

「天宮社長、いけませんよ。本店の方々には、きちんと挨拶をしないと」

そう言いながら彼に近づくと、側に寄り添った。

途端に周りがどよめく。

「まあ、なんて美しい……」

「分かりますぅ、お二人が並ぶと、ほんと目の保養ですわっ」

「天宮殿下と華奢な美少年、いえ、華麗な麗人ですよね。推せますっ」

「あぁもう、若返りそう」

……なぜだか、彼女たちのもろもろのコメントを聞いて背中がゾクッとしたが、彼の味方には愛想よくしておかなければ。

（あ、あの人のシュシュが）

花乃は女性たちの一人に近づいて、押し合いで髪から落ちたのであろうシュシュを手に取った。

「これは、あなたのものですか？」

「あ、そうです」

「可愛いですね。よかったら、つけ直しましょうか？」

「え、ええ？　あのっ」

「こんな綺麗な髪、羨ましいです。さあ、こんな感じ……でしょうか？」

花乃は女性の後ろに回って、慣れた様子でシュシュを髪につけ直した。背の高い花乃にとっては、簡単なことだ。そして女性に、「どうですか、痛くないですか？」とやんわり笑いかける。

「っ……ありがとうございます」

その女性も周りの女性たちも、なぜか頬が真っ赤になっている。だが小さな声でお礼を言われたので、気を悪くしたわけではなさそうだ。

（彼女たちは、一樹さんをサポートしてくれる、大事な社員なのだし）

一樹の将来のためにも、良い印象を持ってもらわないと。

もう一度女性たちに笑いかけて、花乃が一樹のもとに戻ると、一樹本人はなぜだか非常に複雑な顔をしていた。

何ごとかをブツブツと口の中で呟いている逞しい身体を、エレベーターの方に促す。

「天宮社長、時間が押しています、先を急ぎましょう」

すると、後ろから大勢のため息が聞こえてきた。

（どうしたんだろう？　……あ、挨拶！　忘れてたわ）

「それでは、またお会いしましょう、今日はこれで、失礼しますね」

「ああ～、もう、行ってしまわれるのですか？」

「申し訳ないのですが、会議が始まってしまいますので。ですが、ほんのひと時でも、お話しできて楽しかったです」

花乃がにっこり笑うと、きゃ～とどこからか悲鳴が上がる。少し驚いたが、時間が迫っていたので、そのままエレベーターに彼と一緒に乗り込んだ。

「花乃、何か、場慣れしてないか？」

「そうですか？　一応女子校育ちですので」

「……そういう問題なのか……？」

「一樹さんこそ何です、あの握手の嵐は」

「あれはだなあ、会社の改革を進めるために――まあいいか」

顎に手を当て、「意外ではあったが、これは案外……」とまた何かぶつぶつ言い始めた彼を、不思議そうに眺める。

（どうしたのかしら？　まあ、さっきより機嫌は直ったみたいだけど）

やがて目的の階に着くと、花乃は気を引き締めた。

この話し合いの結果によっては、花乃は芳しくない立場に立たされるかもしれない。ハッキングの情報は、その手段を追及されると職権を越えていると判断されかねないものだからだ。

（状況によっては、すべてが終わってから会社を辞めさせられるかもしれないけど、一樹さんを守れるなら構わないわ）

仕事は、また見つけることができる。

だから手に入れた情報が一樹のためになるのなら、今はできるだけのことをしたかった。

そしてたどり着いた会議室で紹介された天宮専務は、思っていた感じとは全然違っていた。

仕立てのいいスーツを着た、一見普通の中肉中背のサラリーマンだ。

見守るような温かい目でこちらを見ている。

「成瀬、俺の伯父の天宮専務だ」

一樹から堅苦しくない紹介をされた天宮専務は、緊張した面持ちの花乃に笑いかけてきた。

「初めまして、天宮です。君が成瀬さんだね。お会いしたかった」

彼が声を発した途端、多少の緊迫感をはらんでいたその場が一気に和んだ。

相手を落ち着かせるような堂々とした態度。聞き手を思わず惹きつける、魅力的な低い声。

……なるほど、確かに親族である二人は似ている。

（この人、もしかして一樹さんと同じで、天然の人たらしなの？）

見かけこそ全然違うが、気品に溢れる、だけど安心感を与える雰囲気はそっくりだ。

「初めまして、天宮専務。花鳥ＣＲＭシステムの成瀬と申します。今日はお忙しいところお時間を割いていただき、ありがとうございます」

「いやいや、こちらこそ、成瀬さんにこんなに早くお会いすることができて、とても光栄だよ」

握手を交わす花乃の手を、専務は嬉しそうにさらに両手で握り締めてくる。

(んん？　こんなに早くって……？)

彼の言った言葉を巻き戻して考える間もなく、一樹が素早く言葉を挟んできた。

「伯父さん、説明したように今日は仕事です。例の問題を発見したのが、この成瀬なんですよ」

「おお、そうだったね、つい嬉しくて浮かれてしまったよ。ごめんよ」

そうは言いながらも天宮専務はウキウキといった様子で花乃を椅子に促し、「成瀬さん、そんなに固くならないで。さあ、どうぞ」と自ら急須に入ったお茶を淹れる。何だか大会社の重役とは思えないその気さくさに、内心驚きを隠せなかった。

「この部屋は情報が漏れないようクリアにしてあるよ。さあ、何を聞きたいのかな？　私で答えられることなら何でも答えるよ」

「ありがとうございます。早速ですが、今回のセジョンの件についてです。花鳥ＣＲＭシステムではハッカーたちの目的を探るために、今はわざとダミーのデータにアクセスを許しています。それを通して、今回のハッカーたちの狙いが、格安ブランドに対する苦情データを操作することだと突き止めました」

花乃はこれまでの経緯を簡潔に説明する。

「ですが今は、引き揚げるタイミングを決めかねています。こちらの目的は達成されたのですが、このままアクセスを許して泳がせておくのか、それとも直ちにハッキングを発見したと駆除するのがいいのか、です」

「君はそのタイミングを、私に判断してほしいと思ったのかい？」

「そうです。この問題が、その、天宮専務と東城常務の関係が発端であれば、そちらのご都合もあるでしょうから」

花乃がためらいながらもはっきりと告げると、天宮専務は参ったな～という風に、感嘆の息を吐き出した。

「ねえ、一樹。このお嬢さんには、本当に何も言ってなかったんだよね？」

「言うわけないことは、伯父さんが一番お分かりでしょう」

「ただのデータ改ざんでここまでたどり着く、私の判断を仰いでくる。……成瀬さんはまだ、主任補佐なんだよね？　なんだか、ものすごく人事に口を突っ込みたくなってきた」

「余計なことはしないでください」

「だけど、こんな優秀な人材を、本店に寄こさないなんて」

「ずるいよ、一樹……」となんだかスネるような口ぶりの専務を、「何と言われても、譲れません」と一樹がつっぱねる。

花乃は慌てて二人の仲を取り成すように、言葉を続けた。

「あの、お言葉は嬉しいのですが、天宮社長のおっしゃる通りです。私の専門分野は情報技術であって、本店ではとてもお役に立てるとは思えませんので」

「ほら、花乃は今の職場で満足しているんです」

「本店でも、成瀬さんが本領発揮できる部署はあるんだよ？」

「ありがとうございます。ですが今は部下の教育も中途半端ですし……今の仕事場での私の役目が終わった時に、まだそのお話が生きているのであれば、お伺いしたいと思います」

「なるほど、そう言われては、今回は引き下がるしかないね」

花乃の言葉に納得したのか、天宮専務は大きく頷くと話題を元に戻した。

「引き揚げるタイミングについては、こちらから連絡しよう。それ以外に、聞きたいことはあるかい？」

「はい。本件の委託先のセジョンについて、生産された規格外製品の転売先が決まっていないのであれば、心当たりがあるのですが」

一瞬会議室が、シンと静まり返った。

「……それはまあ、原価を割ってでも、損失が少なくなる転売ができればいいに越したことはないのだが」

「いいえ、原価を割ることにはならないと思われます」

「あんな粗悪品を引き受ける会社があると、君は言うのかね？」

「はい、ただしこの情報と引き換えに、少し専務に伺いたいことがあります」

花乃の大胆な言葉と真摯(しんし)な態度に、専務は目を見開いた後、面白そうに頷いた。

「……分かった、何でも聞いておくれ」

実際の損失額は、本店での全体の利益から見れば雀(すずめ)の涙も影響はない。

だが、花乃が持つ情報によって、マイナス要素をプラスに転換できれば、天宮専務が今後社内での力関係に影響力を持つ可能性がある。そんな機会を提供できると、花乃は匂わせたのだ。天宮専務が一樹の味方であれば、情報を渡すことにためらいはない。だがもし、そうでなければ……

（まずは、専務がどこまで一樹さんの味方なのか、よね）

一樹との会話で、彼が天宮専務を父親のように慕っていると強く感じた。だが、天宮専務は彼をどう思っているのだろう？

専務から詳しい事情を聞いてみれば、花乃の知りたいことが分かるかもしれない。

「今回の件は――東城常務とのことは、社長の座争いだけに発端することなのですか？」

「うん、まあそういうことになるかな。だけど私は、単に社長職につきたいわけではないよ」

一樹を頼もしそうに見つめる天宮専務は、おもむろに語り出した。

「ここにいる一樹は、成瀬さんも知っての通り、私の養子だ。だが一樹は親の色眼鏡なしに本当に優秀な息子でね、実際は私が助けるどころか、助けられてばかりなんだよ」

「伯父さん……」

天宮専務の言葉は大袈裟ではない。一樹の実績は実に華々しく、天宮専務の期待以上の働きをしているようだ。

「だから私は決心したんだ。一樹を最高の地位まで押し上げる。そのためには、一樹の掲げる、女性の管理職以上の役職登用を積極的に進め、子育て支援改革を渋る保守派……その中心人物である東城常務の力を、私の代で削（そ）いでおきたいんだ」

なるほどそうだったのか。

社長の座をめぐる争いは、一樹の将来にも少なくない影響を及ぼす。天宮専務はただ父親として、できる限りのことをしてあげたいだけなのだ。

それに一樹は自分で道を切り開ける人だ。天宮専務が考えているより、もっとずっと遠くの未来を見通しているような気がする。

「分かりました。答えにくい質問に回答いただき、ありがとうございます」

「……そんな簡単に私を信じていいのかい？　嘘八百を言っている可能性だってあるんだよ？」

余裕たっぷりのお茶目なその口調も、一樹にとても似ている。さすが伯父と甥だ。

「天宮社長は専務を信じています。ですので、私も専務を信じます。それと先ほどのことは、もちろん誓って他言はいたしません」

専務の目を見て、しっかり約束は守ると誓う。

そしてノートパソコンを開き、花乃は天宮専務に転売先候補の会社のプレゼンをした。最後に礼をして退出の準備を始める。

「ああ、待って、成瀬さん」

「はい、何でしょう？」

呼び止める専務に、花乃は不思議そうな顔をした。説明不足な部分があったのだろうか？

「一つ聞いてもいいかい？　今回の件は、君には直接関係のない本店のことだろう。なのに、わざわざ貴重な転売先情報まで手に入れてくれたのは、なぜなんだい？」

答えにくい質問に対応してくれた天宮専務に誠意を見せるためにも、花乃は正直に自分の気持ちを話すことにした。

「ハッキング防止は私の業務上の責務です。それに、今回の件で天宮社長が微妙な立場に立たされているを知った以上、できるだけのことをしたいと思いました。今後のためにも、万全の対抗策をとりたいですから」

「本店を訪れて私に面会してまで？　そこまで身体を張って、会社を守りたかったのかい？」

「いえ、私が守りたかったのは、天宮社長の未来です」

はっきりと言い切る花乃の態度に、専務も一樹も目を剥いた。

「……そうか」

「はい、私の身を切ることで、天宮社長の道が開かれるなら本望です」

いささか面食らったような専務と一樹に、ニッコリと笑う。

こうして無事、一樹の伯父——天宮専務との面会を終えたのだった。

5　オトナのおつきあい

専務との面会の後、花乃は本店を出て電車に乗った。一樹は総務に用があり、まだ帰れないため花乃は今一人だ。

しばらくすると電車を降り、めぐみの花屋に足を踏み入れる。

来客センサーの軽やかなチャイムの音に、「いらっしゃいませ～」とこちらを振り返った顔が驚きの表情を見せた。

「あれ？　なんか来るのずいぶん早くない？」

「ちょっと社用でね、それよりも……」

めぐみから、『ご注文の品、仕上がったよ～ん、いつでも取りに来てねん』というメッセージが送られてきたのは、ほんの一時間ほど前だ。

あの花びらたちは、どんな風に仕上がったんだろう？

メッセージを読んでから昼休みを待ちきれずに、花乃は途中下車をした。どっちみち今日は会議で時間が取られる――そう思っていたから、仕事は前倒しで済ましてある。倉田の許可を得て、早い昼休憩を取ったのだ。

そんな花乃のいつになくそわそわした様子に、めぐみは目を見張る。

「はいはい、コレでしょ。できてるわよ」

「……綺麗だわ、メグ、本当にありがとう」

カウンターに置かれたキラキラ光る透明な雫に、花乃の宝物が閉じ込められている。

可憐なオブジェに一目で魅せられ、花びらが閉じ込められた雫を愛おしそうに手のひらにのせた。

(わぁ、思ったよりずっと、素敵な仕上がり……)

思わず顔が綻び、指先で慈しむようにツヤツヤの表面を撫でる。

「……ねえ、誰からのプレゼントなのよ？　っていうか、プレゼントなのよね？」

めぐみは長年つきあいのある親友が垣間見せた艶のある表情に、心底驚いているようだ。

だが、好奇心を抑えきれないその様子を隠そうとはしない。

「ただの見舞いの品よ。本当は自分で作ろうかなと思ったんだけど、今うちには恩知らずの猫が居座ってるから、家で作業はできないのよ」

そう、モップはなぜか一樹と共に、あの家に引っ越しをして来たようだった。

今ではすっかり我が家扱いで、花乃が以前使っていた部屋のベッドを寝床にしている。

ソファーだけではなく、買ってもらったキャットタワーの上であくびをする姿も当たり前になってきた。そんなモップのくつろぎきった姿に、自分があの家を出ていく時にはベッドを置いていこうかなと花乃は思い始めている。

ちなみに、動物病院で診てもらった結果、モップは健康なメス猫であることが判明した。元は飼い主がいたと思われるものの、やはり捨て猫らしい。

一樹に新しい首輪を着けてもらったモップは、彼にとても懐いている。けれど、花乃はいまだ抱っこすら成功していない……。どうやら、一樹の人たらしの才能は、猫にまで有効らしい。

カウンターに乗り出すように話の続きを促すめぐみに、一樹の名前は一切出さず、モップの話題で誤魔化した。

花乃は自分の大切な人である一樹のことは、誰にも打ち明けたことがない。

だからめぐみはもちろん、兄の総士、そして育ての母からも、花乃はその生い立ちのせいで恋愛には興味が薄いと思われている。

だが、それでいい。

一樹と暮らす日々は、いつか甘い思い出になる心の宝物であり、誰も知らない秘密のままにしておきたいのだ。

「今からでも、アクセサリーにできるわよ。せっかくなんだから、身につけやすいネックレスにしたら？」

どうやら、めぐみは花乃がこの宝物をただの置石に仕上げたことがお気に召さないらしい。

自身がグラフィックデザイナーで、父親もファッション関係の業界人であるめぐみは、綺麗なものには目がない。この花びらたちも今日までに何度も、アクセサリー仕様にしないかと勧められた。

確かに、このままでもこんなに綺麗なのだから、アクセサリーにすれば映えるだろう。

（でも、ネックレスは、一樹さんからもらったあれだけで十分なのよね。もう今は手元にないけれど……）

その昔、一樹にもらったお土産（みやげ）のペンダント付きネックレスを引っ越しの際に失くしたと気づいた時は、自分でも信じられないほどものすごくショックだった。

それは今でも鮮明に思い浮かべることができるほど、可愛らしい金のバラのペンダントトップが付いたネックレスだったのだ。

当時、花乃の着ていた服はほとんどが兄からのお下がりで、女の子なのにジーンズやカジュアルシャツばかりだった。だけど、男の子の服は自分に似合っていたし、物に執着するのはよくないと思っていた。そのせいで、どんな物もいずれは壊れるのだから……とあまり買い物をしなかった。

社会人になってからは自分の気に入った服を買っているが、そんな執着心が少ない自分が、あれだけは失くしたことを悔やんでいる。

バラのネックレスを一生大切にする、と誓っていたのに守れなかったこともあり、こんなに年月が経っても他のものを身につける気にはなれなくて……

結果、花乃はアクセサリー類を一切身につけていない。一度イヤリングをつけてみようかな、と思い立った時も、あのネックレスを思い出して結局は購入しなかった。

だから、今度こそ彼から贈られたバラの花びらたちは、あの失くしたネックレス代わりに大事に取っておく。

「いいの。こんなに綺麗なんだから、これで十分よ。ありがとうね、メグ」

一樹からはこの最初のバラ以外にも、たくさんのバラをもらった。だからもし贈られることがなくなっても、この花びらさえ手元に残ればそれでいい。


そんなことを考えていた、その夜。帰宅した一樹の手には、しっかり次のバラが握られていた。

「花乃、ただいま」

にっこり笑いながら、はい、と当然のように差し出されたのは、見るも可憐(かれん)な四十本ものバラ。

花乃はその場で数えたその本数に、びっくりした。

「あ、ありがとうございます、一樹さん。こんなにたくさんのバラ……なんて綺麗なの――」

華麗な真紅(しんく)のブーケを受け取る指が、喜びでかすかに震える。

本命代わりのセフレとはいえ、一樹の紳士的な優しさには心からジンとくる。

「花乃のほうが、ずっと綺麗だよ」

頬に唇を押し付けられながら、こちらが恥ずかしくなるようなセリフを真面目な顔で言われてしまうと、茶化す気にもなれない。

「っ……、ご飯、できてますよ」

照れた顔を一樹の足元にすり寄ってきたモップの頭を撫でることで誤魔化し、一緒にキッチンへと戻っていく。

夕飯を終えて一樹がお風呂に入っている間に贈られたバラを活けてみたが、そこまで大きくない花生けにはこの数は窮屈そうだった。それじゃあとコップにバラを分けて活けていると、突然背後から長い腕が巻きついてきた。

きゅうと抱き締められる。

「花乃、明日は出かけよう」

ドッキン。

低く耳元で囁(ささや)かれた言葉に、一気に胸が高鳴った。

「え？　どこへ、ですか？」

「そうだなどこがいい？　一緒に映画を見たり、美術館やオペラやコンサートに行くのもいいな」

まるで、デートのようではないか。

（——冷静に、落ち着いて。一樹さんは、単に二人で出かけるだけだと思っているのだから）

そうは思っても、トックンと乱れ始めた動悸はなかなかおさまらない。

「……いいですよ。一樹さんは、どこに行きたいですか？」

そんな胸中などつゆほども表には出さず、花乃は「私はどこでも、構いません」と答えた。すると彼は、うーんと唸り出す。

「本当に、どこでもいいのか？」

彼とのおでかけなら、近所のスーパーや公園でも構わない。一緒に居られるなら、それでもう大満足だ。

大きく頷くと、彼は「じゃあ、この水族館はどうだろう」とスマホを指差した。

覗き込んでみると、『週末のお出かけはここで決まり！　初デートにもおすすめ』という見出しが目に入った。一樹は期待感溢れる目でこちらの反応をうかがっている。

（あら、これは意外かも……）

よほど水族館に心惹かれるものがあるのだろう。

確かに、誰かと一緒ならまだしも、大人の男性が一人でこういう施設を訪れるのはなかなかしづらいだろう。

「花乃はこういうところに興味ないか？」

心配そうに眉根を寄せる顔に、笑ってＯＫだと頷いた。

一樹が思っているほど、自分は子供ではない。だがこういう、いわゆるデートスポットを彼と訪れるのは楽しそうだ。

「私もこういうところは、好きです」と返事をすると、すぐさま身体を掬われ、そのままベッドルームにさらわれた。

ベッドの上で、ちゅ、ちゅちゅと甘いキスを交わしながら、悪戯っぽくお互いの服を脱がし始める。その後はもちろん、花乃の乱れた喘ぎ声と一樹の激しい息遣いがベッドルームを占領した。

そうして、週末にかかる金曜日のその夜も、花乃はさんざん一樹に啼かされて甘い夜を過ごした。


土曜日の朝。

ノートパソコンをパタンと閉じた途端に、ひとりでにうふふと笑みが漏れる。

今朝のシステム点検も、何事もなく終わった。

楽しみにしていた今日の彼とのデートに、ＧＯサインが見えたような気がする。

足取りも軽く部屋に向かうと、とっておきのワンピースを取り出し、いそいそと袖を通してみる。

やっぱりこの服にしようと心の中で勝負服を決め、メイクに取り掛かった。

そんな花乃の浮かれた様子を、ベッドの上で丸まり片目を開いて眺めているモップへ、「今日はデートなの」と自慢げに告げた。そうして手早く洗濯に取り掛かり、お寝坊さんがようやく起きてきて朝ごはんを食べている間に掃除を済ましてしまう。

鏡の前で念入りに身なりのチェックを終えると、花乃はウキウキ気分で「一樹さん、お待たせしました」と玄関先で待つ彼に追いついた。

「その服、いいな。よく似合ってる」

「ありがとうございます」

一樹に褒めてもらったこのワンピースは、花乃のお気に入りである。肩とスカートの裾がレースになっている亜麻色の服は、シンプルで華やかな一着だ。身体の線に沿った綺麗なカットと裾がふわりと広がるバランスが品良く、カジュアルにもドレスアップにも応用が利く。

こんなおしゃれをして出かけるなんて、本当に久しぶりだ。

(だって、一樹さんと初デートですもの!)

念願だった嬉しすぎるイベントに、胸もドキドキしている。

「一樹さんも……とても、かっこいいです」

ミュールを履いて一緒に並んだ花乃は、一樹を見つめて言う。

彼は本当に何を着ても、よく似合う。

一樹は照れたように髪をかきあげると、「行こうか」とエスコートの腕をすっと差し出した。洗練されたそんな仕草に、本格的なデートみたいと頬が緩んでしまう。腕を絡めると背の高い彼にもぴったり寄り添えて、本当に嬉しい。

今でも、夢を見てる? と時々頬をつねりたくなる彼とのシェア生活。これを始めて結構経つ。けど、こんな風に二人で歩いたり、電車に乗ったりは、まさに初めてで――

だからこそ、ことさら嬉しい。

本店への訪問の際は、一樹の運転手が出迎えてくれた。VIP待遇も、それはそれで楽しかったけれど、こうして普通に二人で街を歩く……なんて、ささやかでもっと素敵と思ってしまう。

（今度は、一緒にスーパー……とかにも行ってみたい）

だけどそれってやっぱり、欲張りすぎだろうか？

照れたように彼と腕を組み、花の匂いがするそよ風に背中を押され、のんびり駅へと歩き出した。

空は薄い雲で覆われ、お出かけ日和とまでは言えないけれど、気温が暖かく散歩にはちょうどいい感じだ。

お目当ての水族館へは電車を乗り継いで行くので、ずっとこうして寄り添っていられる。

一樹は今日のためにレンタカーを借りることを考えたらしい。

だけど、久しぶりの日本での運転が心配なので今回は断念したのだと、屈託ない調子で告げる。

「家にはガレージがあるし、車があれば便利だろう？　それで相談なんだが……」

二人が気にいる車を近々購入したい、そう言われてワクワクした。「手に入れたら、たくさん出かけよう」と彼も晴れやかな笑顔だ。

「でも今日は、慣れない道路に気を取られたくない」

だから電車でと、貴公子は嬉しそうに笑う。

始まったばかりなのに早くも気持ちが高揚したまま、花乃たちは程なく最寄り駅に着いた。改札口は、出かける人々で結構な混み具合だ。

それでも、雑踏の中で自然と握られた手をやんわり繋ぎ、彼の隣をキープする。相変わらずの子供扱いも、こんな時は妄想デート気分を盛り上げてくれる。

電車に揺られ他愛もない話をしていると、気分がますます盛り上がってきた。

そんな二人の姿は、実は周りから結構な注目を集めていた。けれど、どちらも互いに夢中で、周囲を「眼福よね～」と楽しませていることにも気づかず、混んだ車内で手を繋いだままぴったり寄り添う。そして、いくつも乗り換えをして着いた水族館の入り口付近は、やはり行列で大変混雑していた。

「……結構、人が多いですね」

「チケットは購入してある。こっちから入れるな」

一樹はスマホを事前予約の受付に提示すると、家族連れやカップルの流れに乗って入館した。

館内は外の空気よりずいぶんひんやりしていて、青白い水の光が反射する通路はまるで不思議なトンネルのようだ。

「本当に人が多いな。——はぐれるなよ」

さり気なく握り直される手に便乗して指を絡めると、「こっちだ」と強く握り返された。

「すごいですね。こんなにたくさんの、上等な食材がいっぱい……」

色気もムードもない花乃の感想にも一樹は可笑しそうに笑って、人混みから守るようにその身体を抱き寄せる。

「帰りは寿司屋にでも寄るか？」

「いいですね。回らない寿司がいいです」

（一樹さんと寿司屋でお食事……なんて素敵な響きなの）

デートにぴったりのミッションを発生させるべく、花乃は早速スマホで候補の店を検索し始める。

家の近所の寿司屋を見つけると、「ここが、いいです」と一樹に提案。

「夕食は決まりだな」と一樹が嬉しそうに頷くのを見て、思わず祈ったこともない神様に胸中で感謝の手を合わせた。

ワイワイと賑やかな人の流れに乗りつつ、背が高い自分たちは邪魔にならないように水槽の脇へ。そんな移動を何度か繰り返すと、一樹はそのたびに通路の暗い陰で花乃を抱き寄せる。

「思ったより人は多いが、映画館よりはずっといいな」

混んでいるので顔を近づけてしゃべるのは分かるが、どこか官能的で困ってしまう。

「ええ、実際に触ったりできるのも楽しいです」

花乃は先ほど周りの子供たちと一緒に、恐る恐る水槽の中のヒトデに触れた奇妙な感触を思い出す。だが、一樹は花乃の言葉を違う意味に受け取ったらしい。長い腕に引き寄せられるまま逞しい胸にもたれると、「花乃」と低い声で名を呼ばれた。愛しい顔を見上げたら、悪戯っぽい瞳が近づいて、素早くちゅっと唇にキスが落ちてくる。

真っ赤になって慌てて周りを見回すが、そこはまさに海底のような薄暗いスポット。人の顔さえも判別しにくい暗がりだし、それぞれがゆうゆうと遊泳する海の生物に夢中だ。誰も一樹の不埒な行動など、見咎めはしない。

（……映画館よりずっといいって、まさか……）

思い当たった不純な動機に、いやいや、そんなことは……と脳内で否定する。

半信半疑の気持ちのまま手を引っ張られて着いた先は、一際大きな水槽だった。青い水の世界が視界いっぱいに広がる。近づいてくるマグロの大群に夢中な皆の後ろに立っていると、花乃の腰に手が回ってきた。

「すごい迫力だな」

「一樹さんも、結構魚が好きなんですね」

「ああ。でも、俺はこっちの方がいい」

うなじに熱い息がかかって、ペロリと素肌を舐められた。

(もう、こんなイタズラばっかり……)

やはり思った通り、今日のお出かけはこんなお茶目も込みだったらしい。

そのくすぐったさに微笑みながら、悪戯(いたずら)な瞳を軽く睨(にら)むと、なぜだか余計に腰の拘束がきつくなる。

辺りがさらに深いコバルトブルーに包まれると、その不思議な青の世界に花乃は惹き込まれていった。だが、幻想的なクラゲの舞いが披露される真っ暗な深海では、もっと際どいイタズラをされてしまい――真っ赤になりながらも、今日はワンピースだからこれぐらいで済んだのかもと、揉まれた胸を撫で下ろした。

脳内では、先ほど一樹に囁(ささや)かれた言葉をまだ反芻(はんすう)している。

『花乃のこの服、脱がせやすいけど隙がない。なんか燃えるな』

タイミングを見計らってとはいえ、紳士としては完全アウトなセリフを耳に吹き込まれた。

ちょうど家族連れがどっと押し寄せてきたおかげで、ようやく一樹のイタズラが止まったのだが……それにホッとするやら惜しいやら。さすがに背中のジッパーが下ろされることはなかったけれど、腰に回された手は相変わらず離れない。

次に訪れた動物ショーでは、「面白そうだ、ほら手を上げて」と二人で繋いだままの手を上げた途端に、司会者にステージへと招かれた。

「はい、では前から五列目のカップルのお二人、どうぞ」

花乃は一樹と連れ立ってアシカの案外長いヒゲにどきどきしながらも、そのヒレと握手をした。

海の動物特有の潮騒の匂いが漂う中、ちょんと触れたその感触はとても冷たい。

おっかなびっくりの体験に興奮したが、その後すぐに予想外のハプニングに見舞われた。

一樹と握手をしたアシカが突然、彼に抱きつこうとしたのだ。

だが幸いにも、アシカの野望が遂げられることはなかった。落ち着いた態度の一樹が穏やかな声と身振りで、「お座り」と合図すると、アシカはまるで忠犬のように彼の手前で大人しく従った。

これには皆がビックリ。花乃も驚いて叫びそうになったが、やはり彼の天然人たらしの才能は動物にも有効なのだと納得もした。

「情熱的なアプローチで一瞬クラッときたけど、俺にはこの人がいるから」

一樹が笑って花乃の腰を柔らかく抱くと、アシカが頭を垂れたので会場は大笑いだ。

大いに盛り上がったショーが終わると、二人はまたのんびりと水族館を見て回った。元気なイルカに、圧倒させられる数で群れるイワシや、どこかユーモラスな体型の魚たち。二人して子供のように目を丸くして、すべての水槽を巡遊する。

その間、一樹は花乃を自分の側から決して離さず、愉快な海の生き物を眺めながらのイタズラを仕掛けてきた。

「一樹さん、このペンギン……さっきからずっと、こっちを見てるんですけど」

「どれどれ」

楽しそうに花乃の肩に頭を乗せるフリをした一樹に、耳たぶを甘噛みされてしまい、思わず変な声が出そうになる。とっさにバッグを持ち直した花乃の敏感な首筋が、すっと唇でなぞられた。

（一樹さんってば、こんなところで――もう、しょうがないわね……）

一樹の仕掛ける数々のイタズラは、本心では決して嫌ではない。だが、ただのセフレ関係なのに人前でこんなイチャイチャしてもいいものなんだろうか……？　まあでも、代役――と思えば、恋人扱いされてもおかしくないのかもと思い直し、軽度の触れ合いは許した。

しかし、ニコニコ笑いながらも彼の行為が節度を超えそうになると、目で叱ったりその手を軽く叩いて注意をする。

明るいペンギンの水槽の端で、後ろから腰を抱いていた手が胸の方に上がってくる気配に、花乃は「だめです」と小声で叱った。

叱られた一樹は「花乃、怒ったのか？」と言いながらも、またも甘えてくる。

そんな風に過ごしながら、夕方になったので水族館を後にした。帰りの電車で彼の広い肩に頭を預けながら、花乃はゆっくり目を瞑（つぶ）った。

なんて楽しい一日だったのだろう。

学生の頃に一樹と付き合えていたら、こんな楽しいデートをたくさん味わえたのかもしれない。

そんな〝もしも〟を思わせるトキメキに満ちた今日のお出かけに、花乃は幸せ気分でいっぱいだ。

一樹もお目当てだった水族館を心ゆくまで堪能したらしく、至極満足そうに帰りも花乃の手を握ったまま離さなかった。

「楽しかったな。花乃は楽しめたか？」

「はい、満喫しました。たまのお出かけもいいものですね」

こうして、夕食のお寿司もお腹いっぱい食べ、満ち足りた気分で家に帰ってきた。

一樹の後に花乃がのんびりお風呂に浸かっていると、ふいに玄関のチャイムが鳴った。

一人暮らしの頃であればたちまち警戒してしまう状況にも、一樹が一緒だと、こんな時間に誰だろう？　と不思議に思うだけで済む。風呂を終えてダイニングに足を踏み入れると、すぐにその訳が分かった。

「花乃、今日も綺麗だ」

一樹は風呂上がりの花乃を熱い視線で見つめてくる。その両腕には、ボリュームがいつもの倍ぐらいに増えた抱えきれない数の赤いバラの花束が……

そのあまりの美しさに目を見張ったところへ、バラをそっと差し出される。

さすがはイギリス仕込みの紳士だ。女性に花を贈るタイミングさえもスマートなのだから。こんな気遣いまでされたら、ますますこの人が好きだと思ってしまう。

今日という日は最後まで、なんて嬉しい出来事が続くのだろう……

「……綺麗。本当にありがとうございます……」

感極まってお礼を言う声も掠れてしまい、バラの花束を受け取る両手が小さく震える。

心の中の〝大好き〟が溢れそうで、自分からその愛しい首に片腕を回すとゆっくり唇を重ねた。

(……あ、花が……)

このままだと押し潰される。

花乃は抱き込んでくる一樹の身体をやんわり押し戻すと、笑って「少し待っててください」とバラを活けるため、キッチンに向かった。

前に数えたバラは四十本もあったが、今夜のバラの花束はそれよりも一段と大きい。

今日のデートは一生忘れない――

まるで本当の恋人のように甘やかされても、所詮自分はセフレなのだ。だからこんな経験は二度とないかもしれない。花乃はそっと目尻を拭った。

(……九十七、九十八、九十九……、九十九本もある)

最後のバラをコップに移しながら数え終わった時、ふと思った。

(考えたこともなかったけど、この中途半端な本数――。何か意味でもあるのかしら)

「花乃、終わったか?」

痺れを切らしたらしい一樹に後ろから抱き込まれて、意識はすぐ彼に集中する。

「はい、一樹さん……」

「来週は……そうだな、予定がなければ泊まりがけで、というのはどうだろう?」

次は花乃の行きたいところに……と優しい言葉をかけられて心が踊る。

セフレの自分と泊まりがけ、となれば彼のお目当ては知れている。それでも、彼と一緒に旅行できるだけで嬉しい。

甘いキスを交わした二人は固く手を繋ぎ合いベッドルームに向かうと、その夜も甘く激しく抱き合ったのだった。


そして翌週。待ちに待った待望の朝――プチ旅行の出発日がやってきた。

一樹と二人で、都内から気軽に行ける温泉にお泊まりの予定だ。

先だっての水族館へのお出かけは本当に期待以上で、幸せなデート気分を味わえた。

今日のお泊まりは、それにも増して一歩進んだ蜜月の恋人たちみたいな甘い時間を分かち合えるかもしれない。

最高にウキウキしながら化粧ポーチを鞄に詰めると、花乃はいつものようにノートパソコンを開き、早朝のサーバー点検をした。が、しばらくするとキーボードを叩く手が、ハッと止まる。

(あ、うそっ、今日に限って……)

こちらから何回もアクセスを試してみるも、全部が同じ結果だ。エラーが発生している。

思わず、そんな～と両手を上にあげて、畳の上に後ろからバタンと倒れ込んでしまった。

はあ～、と重いため息を無意識につく。天井を見上げると、二階でスヤスヤ寝息を立てる今朝の彼の案外可愛い寝顔が頭に浮かんでくる。

本当に、ついてない……

やはり、泊まりがけという蜜月レベルのお付き合いの真似事は、恋人でもない自分には縁がないらしい。ドーンと落ち込みそうになる。

今週は一樹の前では普段通りに振る舞っていた花乃だが、心の中では彼との初旅行が待ち遠しくてしょうがなかった。たとえ本当の意味のお泊まりデートでなくとも。

（昨夜もたっぷり抱いてもらったし、あんな心までトロけるようなキスも……贅沢よね。だいたいそれだって、こんな関係だからこその産物なんだし、こんなことで落ち込んではダメ……）

自分を叱咤して顔を覆っていた両手をどけると、ノロノロと起き上がり身支度を始める。

「ミャアオ」

慰めるようにすり寄ってきたモップの顎を優しくくすぐった。

「モップ、後は任せたわよ、今日は一樹さんをヨロシクね」

二階でぐっすり寝ている貴公子を起こしたくない。

花乃はテーブルに短いメモを残すと、会社のＩＤカードを掴み、家を出た。


『高田、起きてる？　サーバーのストレージが一台動いてないっぽいのよね』

『えっ、マジですか』

シーンとした会社のサーバー室で、再起動をかける前に部下にも協力を仰ぐ。

『例のハッキングの件もあるし、念のための休日出勤よ。リモートアクセスまったくきかないから。

悪いんだけど、そっちからもサーバーのログチェック、しておいてくれる？』

『了解です』

これも仕事だからしょうがないと、諦めている。心の中でもう一度ため息をついて、目は前のスクリーンに集中した。

そうして淡々と作業を進めていった結果、回復のメドは立った。

けれど例のハッキングの件もあるし、念のためこれを機会に洗いざらい総点検した方がいいかもしれない。となると、今日はまだまだ帰れそうにない。

これでもう本当に、お出かけの望みがなくなった。意気消沈するけれど、これも一樹のためと気を取り直す。

結局、その日は一人で黙々と作業を進め、一日を会社で過ごした。


夕方。オレンジピンクの夕焼け空を眺めながら、お腹が空いたとトボトボ歩く花乃の姿があった。

我が家まであと少しの最後の角を曲がり、ふと顔を上げると、家の前には見知らぬ車が停まっている。運転席には見慣れた人物が座っていた。

(え、一樹さん……？)

それと同時に助手席に見えた長い髪に、立ちすくんだ。次の瞬間には、サッと曲がり角に隠れてしまう。

ドキドキドキドキ。

何してるんだろう……とは思うものの、足がすくんで車の前に出ていけない。

そうするうちに、車から二人が出てくる気配がした。

「ありがとう、如月君、もう大丈夫だ」

「お役に立ててよかったです」

「こちらこそ、週末にわざわざすまなかったね。それじゃあ、ご苦労様」

家に入っていく一樹を軽く礼をして見送った美人秘書は、今度は運転席に乗って車で去っていく。

誰もいなくなった玄関先へ、花乃はそっと近づいた。

ドアに手をかけてみるものの、なぜだかドアノブを回す力が出ない。

自分の手をしばらく見つめた花乃は、ため息をついて玄関前に座り込んだ。

分かっている。さっきの光景はどう見ても、仕事を終えた帰りだった。

だけど、あの髪の長い如月と呼ばれた女性は、週末まで一樹に付き添っているのか。

そういえば、初めて会った時にもとっくに勤務時間を過ぎた金曜の夜に、二人でホテルのバーにいた。

あの時感じた小さな痛みが、今は花乃の心に何倍も大きく突き刺さってくる。

何となくだけど、想像がついてしまう。一樹はきっと——あの秘書の女性のような長い髪の女性がお好みなのだろう。自分は彼のタイプでないのだから、正反対の彼女はまさにぴったりだ。

……セフレの心得、こんなことで落ち込まない。大丈夫。元から友達でも恋人でもないのだから。

所詮花乃は彼に本命ができるまでの、ただの代役だ。

先ほど帰りの電車で、気になっていたバラの本数を調べてみて悟った。確かに、バラは色や本数によってそれぞれ花言葉がある。とはいえ、こうしたバラのブーケは花屋で普通に売られている。案の定、検索するとたくさんの花束が売られていることが分かった。彼はこうして販売されているバラの花束を買っているにすぎない。たくさんのバラなら花乃が喜ぶと思って。

言うなれば、子供にお菓子やおもちゃをたくさん与えれば喜ぶ、というのと一緒の発想なのだろう。やはりいつまで経っても、花乃は一樹にとって、そこ止まりなのだ。

だが、もし一樹があの秘書と付き合うことになっても、こんな関係を持ったことは後悔しない。

絶対、後悔だけはしない。

なぜなら、甘く抱き合っている時間（とき）は——

（私を見てくれる。私だけを、見てくれるんだもの……）

それ以上に至福の時はない。

子供扱いでもいい。触れてほしいと思えば優しく触れてくれるし、何と言っても、こちらから一樹に触れると見せてくれる、嬉しそうなあの笑顔……

花乃は膝に顎（あご）を乗せて、しばし目を瞑（つぶ）る。

すると昨夜の甘い思い出が、はっきりと脳裏に浮かんできた。

『声が甘くなった、花乃……いいな、すごくクる』

火照（ほて）った身体と熱い囁（ささや）き、重なる唇——

最初に抱かれた記憶より、さらに甘く抱かれた二回目。そしてそれからも数え切れないほどたくさん二人は抱き合っている。すべてが鮮明で濃密なだけでなく、極甘な記憶の数々。

（ああ、私、やっぱり……すごく一樹さんが好き……）

セフレなんて最初から長続きはしないと分かっていた。だから、一樹が本気で好きな女性ができるまでは、と身を引く覚悟もあったはず。なのに――

（その日が来たら、本当に黙って去れるのかしら……？）

笑って祝福はできなくとも、それくらいはと今までは思っていた。だが、辛い現実をこんな風にいきなり突きつけられ、心が予想以上のダメージを負っている。

そんな自分に、花乃自身が驚いた。これまでどんな苦境に立たされても、打ちのめされることなどなかったのに。

今でも十分幸せだから、自分からは手を離さないと決めていた。

けれど……本当に？　このまま、この先もこの家で一緒に暮らしていいのだろうか……？

そんな疑問に囚われてしまう。

（だけど、一樹さんから離れるなんて……）

包み込むように感じられる彼の温もりから抜け出すのが恐ろしい。それほどに彼の隣は心地よい。

こんなことは永遠に続かないと分かっていても、だからこそ、もう少しだけと願っている自分がいる。

グラグラと揺れる心から次々と湧いてくる感情に、花乃は翻弄(ほんろう)され続ける。

けれども、これ以上こんな風に家の玄関前でウダウダしていてもしょうがない。

気を取り直すために立ち上がりかけたら、ブーとスマホからメッセージの着信音が鳴った。

『花乃、早く帰っておいで。今晩のメニューは花乃の好きな青椒肉絲だよ』

（一樹さん……）

あの温かい腕の中から、抜け出せるわけがない。

さっきから鼻をくすぐる美味しそうな匂いは、どうやら我が家から漂うものだったらしい。

食欲を刺激される匂いを胸いっぱい吸い込むと、チリンと可愛い鈴の音を立てたモップが、隣にすり寄ってきた。

旅行はダメになってしまったが、まだ近くにいることはできる。

花乃はスッと立ち上がると、「ただいま帰りました」とドアを開けた。

朝から曇り模様の、翌週の水曜日。
今日は通信機器メーカーとの会議があるため、下準備として通信機器の品番点検の真っ最中だった。
「王子、その後の動きは……どうですか？」
人気のないサーバー室で、自分たちしかいないことを確かめた高田が聞いてきた。システム部では公に話せないから、ちょうどいいと思ったのだろう。下を向くと、ラックの下部に座り込んでチェックをしていた水野もこちらを見上げている。

「ストレージの件もあったから、週末チェックしてみたけど……相変わらずダミーの方にアクセスがあるわ。あくまで外部からと見せかけたいのね。ヘルプデスクが遅番業務中に仕掛けているのは予想通りだわ」

「やっぱりあいつ、遅番サボってそんなことしてるんだ。おかげでパッチのやり直しばっかですよ」

水野は口を尖(とが)らせている。

「ずっとは続かないわ。上ももう把握しているし。……そうね、ヘルプデスク管轄の初歩的な仕事は面倒でしょうけど、もうちょっとだけお願いね」

その代わり、いつもは数人で担当しているデータベースやメールサーバーの管理は花乃が引き受けているので、水野は大人しく頷く。

社長である一樹に迷惑をかけないように、できるだけのことはする。向こうにダミーだと気づかせないまま泳がせ、本物のデータにはアクセスをさせない。

こうして三人でサーバー室にて証拠であるログ記録を確認すると、花乃は部下たちにいつも通りに振る舞い、相手に悟らせないことを再度言い含めた。

その後、会議室で通信機器メーカーとの会議が終わったばかりの花乃は、珍しくそのまま営業マンと話し込んでいた。

この営業マンの名は野沢といって、花乃の親友であるめぐみの夫である。

いかにも営業らしく身なりにも気を使っていて、一分の隙もない見かけだが、話してみると気さくで誠実な人だと分かる。めぐみの夫だからというだけでなく、普通にいい人だと思っている。

だから滅多にしない雑談——最新機種についてひとしきり意見を述べ合うと、野沢は砕けた態度のまま本題に入る。

「成瀬さん、残ってもらってすみません。めぐみにそれとなく様子を探ってこい、と言われました」

「……野沢さん、相変わらずなんですね」

皆まで言わずとも、野沢は花乃の言いたいことは分かっている。

「ははは、女房には尻に敷かれっぱなしです。が、うちはこれでいいんですよ」

「野沢さんを見る限り、そんな感じですね」

「うちは、元気なめぐみのおかげで平和です」

気にする風でもない野沢に、「ご馳走様」と花乃は立ったまま両手を合わせた。

「でも、成瀬さん、変わった感じが全然しないですね」

「……一体何を、期待していたんですか？」

「いや、だってめぐみのやつが、成瀬さんがやたらと色っぽくなったって言うから……」

野沢は、花乃の淡白なツッコミに決まり悪そうにする。

「ちょっと、期待してたんですよ」

「恋人ができた、とでも思いました？　心配なさらずとも、私は相変わらずですよ」

「……成瀬さんが強い人だ、というのは分かっているんです」

野沢は一歩近づき、花乃の目を覗いてくる。彼は決して身長は低くないのだが、見上げるとまではいかない。

「だけどやっぱり、女房も自分も心配なんですよ」

「心配してくださってありがとうございます。でも私は大丈夫です」

これも本当のこと。花乃の感情は一樹のことでこそ、信じられないくらいグラグラ揺れるが、それ以外は問題なく生活している。

「……はぁ〜、いつか、きっと成瀬さんの心を揺さぶる男性が現れますからね」

野沢の言葉を、にこやかに笑って受け止める。

「それでは、また。今日は遅くまで引き止めて、すみませんでした」

「メグに、よろしく」

バタンと会議室の扉が閉まった。

シーンとした会議室で、椅子の背を握る手に力が入ってしまう。

――心を揺さぶられる男性になど、とっくの昔に出会っている。

ただ、残念なことに、その人に恋人としては興味を持たれないだけだ。

花乃が一樹の好みのタイプであったなら、どんなによかったか……

でも、どう頑張っても恋人にはなれないが、本命の身代わりとして彼と一緒に過ごすことはできる。生きていてよかったと思えるし、幸せだと素直に実感できる。だけど――

本当に、このままの関係でいいのだろうか……？

この頃はそんな心の声が、どんどん大きくなりつつある。

一樹も花乃もお互いパートナーがいないため、二人の関係は誰にも迷惑をかけていない。だからこそ、この疑問の声はただの自分勝手な悩みだと花乃には分かっていた。

このままずっと一樹と一緒にいたい。

不実だと分かっていても、一樹が恋人を作らなければいいとさえ思ってしまう。

……そんなことを願っても、自分がその恋人になれるわけではない。

椅子を整え、しばらくして会議室を後にした花乃は、愛しい男性を想って心の中で重いため息をついた。揺れる心を引きずったまま席に戻ると、一樹から『花乃、時間が空いたら、すぐ社長室に来てくれ』というメッセージを受け取った。

毎週水曜は一樹と社長室でランチを食べる約束をしているのだが、今日は昼に会議が入ったと知らされていたのに。

何の用だろう？　と、倉田に断ってわざわざ出向いてみれば――ノックをして社長室に入った途端、一樹に抱きかかえられ机に運ばれた。ドアにしっかり鍵をかけた一樹が、机に戻って来る。

そしてあろうことか、社長室の椅子の上で逞（たくま）しい腕に身体を拘束されてしまった。

「一樹さん……？　これはいわゆる、職権濫用なのでは……」

いきなりこんな暴挙に見舞われた花乃は、驚きを隠せない。今まで、社長室ではランチを食べ終わるとキスをねだられる程度のじゃれ合いばっかりだったのに。

一樹は仕事中だったのだろう、ノートパソコンが開きっぱなしだ。

「乱用で結構。そんなことより、あの男は一体誰だ？」

椅子に座った彼の膝上で、子供が人形にするようにぎゅうっと抱え込まれる。

「あの男？」

「さっき会議室で、一緒に喋っていた奴だ」

「え……？」

会議室のドアは確かに閉めてはいなかったが……

一樹のこんな腹立たしそうな態度は初めて見た。けれど、花乃に対して怒っているわけではないらしい。

低い声は荒々しいが、身体にしっかり回された手は離れないし、髪やこめかみにやたらキスを落としてくる。

「野沢さんですか……？　通信機器メーカーの営業マンですよ」

「……やたら花乃と親しそうだったじゃないか」

「親しそう？」

そう言われると、確かに知り合いの中でかなり親しいと言えば親しい。なにせ、めぐみの愛しいダーリンなのだ。それに、二人を結びつけたのは他でもない花乃自身。野沢とめぐみが出会ったきっかけを思い出しつつ、「そういえば、昔デートしたことはありますけど……」と呟いた途端、一樹の顔が険しくなった。

「……ほぅ……？　デート、だと……」

低く唸るように確かめてくる。

「ええ、でも彼は……えっ？」

いきなり一樹の拘束が強くなった。そのまま彼の片手が伸びて、卓上にあった電話の内線ボタンに届く。

「如月君、今から大事な打ち合わせに入るから、それが終わるまで電話は繋がないでくれ」

『はい、分かりました』

「この後のスケジュールは、どうなっている？」

『三十分後に、芝安情報技術部長と倉田システム主任との会議です』

「分かった、では会議室の準備を整えておいてくれたまえ。済んだら昼休みでいいよ。こちらは時間いっぱいまで打ち合わせする予定だ」

『分かりました』

「よろしく頼む」

電話を終えるなり、社長室の窓のブラインドが自動で閉まっていく。

「一樹さん？　あの件の報告のことでしたら……えっ、あの……？」

スーツのジャケットを脱がされ、続いてシャツのボタンがあっという間に外される。ブラまでずらされると、大きな手が胸を直接掴んできた。

「っ⁉　一体何を……」

「花乃、今、花乃に触れているのは、誰だ？」

「はっ……ぁん……一樹、さん……です」

　こんなにこねるように胸を揉まれては、まともな受け答えができなくなる。その上、急に頭を引き寄せられて、荒々しく噛み付くように唇を塞がれた。

「ん……ふっ、ぅんんっ……」

　重なる唇は深くなり、舌が押し入ってくる。口を開いて素直にこちらからも舌を絡ませると、痛いほど音を立てて唾液をたっぷり吸われた。舌が甘く痺れて頭がくらくらしてくる。飢えた唇に、貪欲に貪られ呼吸がうまく追いつかない。

「はっ……ぁっ……んっ」

　息苦しいほど激しいキスに驚いていると、突然、深く重なった唇が離れた。耳たぶを柔らかく甘噛みされる。

「花乃、今すぐ抱きたい」

（ええっ！　抱きたいって、嘘――）

　激情を抑えるような声に驚く。有無を言わせず再び重なってくる唇に、胸がきゅうんと苦しくなる。

　こんなこと容認できるわけない。ここは会社で、今は就業時間で、頷ける要素などどこにもない。なのに、再び襲いかかってきたキスが熱くて、切なくて、全身が甘く色めいて震え出した。熱に潤んだ目尻が濡れてきて、思わず一樹の背中を抱き締める。

絡ませた舌をチュウッと吸い返した従順な花乃の舌を、一樹は優しくしゃぶりだした。

強引で不埒なキスは、やがて互いの唾液を啜り合う淫らなものになる。スーツのベルトに手がかかって、あっという間に下着ごと下ろされた。

「あ、ダメっ、そんな……」

いきなり机の上に身体を下ろされ、思い切り膝を割り開かれた。

彼が普段仕事をしている机で、ショーツを脱がされたまま太ももを大きく開かされるなんて。

「んっ……んんっ……」

屈み込んだ彼に、いきなり花弁を舐め上げられた顔は真っ赤だ。

けれども漏れそうになる声は必死で抑える。

鍵がかかっているとはいえ、部屋の外では大勢の同僚が仕事に励んでいる。

身体を求められるのは嬉しいけれど、社長室で裸に剥かれて恥ずかしくないわけがない。

「今花乃を気持ちよくさせているのは、誰だ?」

「あ、ぁん、……か、ずき、さん……」

花弁を割って熱い舌が侵入してくる。蠢く舌は濡れてきた蜜口や膨らんでくる花芽をぴちゃぴちゃと執拗に舐める。

こんなにされたら、堪らない。

たちまちそこが潤い、図らずも蜜が溢れて彼を受け入れる準備を始める。

「あっ、し、仕事はっ……⁉」

制止しようとするも、恥ずかしいところにチュウチュウと吸い付くようにキスをされると、声に力が入らない。

熱い息が足の間にかかり、こもった声できっぱり言い返された。

「この件をハッキリさせないと、仕事に励めない」

（ええっ、そんなっ）

この件とは、要するに抱きたいと言っているのだろう。

いつもはたっぷり時間をかける前戯を、繋がる箇所への直接のキスに費やす姿を見て、花乃はつい男性の性欲とは底なしなのだろうか……と思ってしまう。

いや、でも彼が別格なのかもしれない。

スポーツをずっと続けていたという彼は、この頃は仕事に追われてストレス発散もできない状態なのだ。

週末は一日中求められて、花乃は十分満足しているけど、一樹には物足りなかったに違いない。

それにどうやら、一旦催すとおさまりがつかなくなるらしい。

ならば優秀なセフレとして、彼の高まりをおさめてあげなければ……

すでに熱くなっている身体に力を入れ、起き上がろうと手を伸ばしかけると、「大人しく、そのまま気持ちよくなっておけ」という声が降ってきた。

「ん、んっ、んん……っ！」

途端に、目眩がするほどの快感が襲ってきた。甘い痺れが、何度も何度も身体に押し寄せてくる。こんな時間に、こんなところで、こんなあられもない姿を晒している。

これほどまでに恥ずかしいこと、相手が一樹でなければ――いや一樹だからこそ許すのだ。

熱い舌で舐め回され、柔らかい唇に強く吸い上げられ、ヒクつく花芽を甘く齧られる。茶色い髪が太ももの内側をくすぐるたびに、甘いよがり声が喉の奥から漏れる。

悦い、ものすごく悦い。

信じられないほどの快感に、喉から絶え間なく小さな切ない喘ぎ声が漏れる。

「今、花乃の心にいるのは、俺だけだな？」

「は……っい……」

「これからもずっと、俺だけだ。分かったな、花乃……」

「ん……んっ……んん……っ」

頷くのが精一杯だ。快感の波に合わせて、花乃の腰がゆるゆると机の上で揺れ出している。

理性はもうすでにドロドロに溶けだし、今は一樹の存在と快感しか頭に残らない。

「誰にも、触らせない」

柔らかくなった蜜口を確かめるように、ゆっくりと指先が沈められていく。

蕩けきった花乃に満足した一樹は、その身体をいともたやすくソファーに運び横たえた。

彼の灼熱を身体で感じる。熱い滾りに圧倒されて、ボーッとなっているところに、「これを、噛んで」と優しく囁かれた。小さな布を口にそっと咥えさせられる。

「花乃、俺の花乃……」

「んん……っ」

低い声で唸るように囁かれると、熱くて硬い彼が膣中に何の躊躇いもなく挿入ってくる。

グチュと濡れた音が、荒い息と共に静寂な社長室の壁に吸い込まれていった。滑らかな一突きで、ずんと奥まで一気に彼に埋め尽くされる。

ああ、熱い。

彼の熱さを身体の中で直に感じて、目尻に涙が溜まってくる。

……分かってる。

仕事中なのに、こんな不謹慎な行為にふけるのはいけないことだと。でも、彼と繋がれて素直に嬉しい――

一樹は気持ちよさそうに、腰をゆっくりと動かし続ける。

最初に抱かれた夜にゴムを投げ捨てたのは花乃だけど、それから一樹は一度として避妊をしたことがない。彼の情熱がありのまま感じられるその熱い感触は、花乃の心をすぐに蕩かしてしまう。

高価なスーツの手触りを確かめるように広い背中に手を回すと、それが合図になったのか、鋭く深く突き上げられた。

一樹の力強い腰の動きに、身体が大きく揺さぶられる。

「か、の、花乃……」

「ん、んんっ、……ぅ、……んっ……」

始めから容赦のない激しい突き上げに、身体の奥は瞬く間に甘く痺れてきゅうきゅうと彼を締め付けた。耳に聞こえてくる激しい息遣い。それに余裕のない動きはさらに速くなり、彼の汗がその額から滑り落ちてくる。

花乃は夢中でその肩を掴んだ。

小さな布を噛まされていて、本当によかった。でなければ、大きな嬌声が絶え間なく社長室から漏れ響いていたに違いない。少しでもその声を抑えたくて、口に挟まれた布を強く噛み締める。

「……んっ……っ……ん……ぅ」

一樹の両手は花乃の揺れる身体を支えるようにギュッと抱えている。だが花乃が一樹の腰に両足を回すと、口枷の布が突然剥がされ、噛みつくような勢いで唇が重なってきた。

絡まり合った身体がソファーの上で何度も高ぶる波のリズムを刻み、一樹が二度三度と大きく腰をグラインドさせると、やがて二人は真っ白な極まりを迎えた。

「んんん――っ」

固く抱き締められたままのキスで声は抑えられたものの、腰の奥に突き刺さるような甘美な痺れが一際強い快感の奔流を呼び起こした。花乃は思わず全身を震わせ、膣中の一樹をきつく締め付ける。

「っ……」

唇を合わせたままの二人の犬歯がカチンと触れ合ったと同時に、熱い飛沫が身体に注がれていく。

それだけではまだ熱を放ち足りないのか、一樹は熱い舌で歯の裏まで舐めてくる。溢れる唾液も強く吸い上げられ、喉を鳴らし呑み込まれた。

その間も一樹は動き続け、花乃の奥を彼の精でしとどに濡らし続ける。

最後にグッと腰を押し付け、残りの一滴まで花乃の中に放つと、ようやく唇を離した。

荒く熱い息の下から、低い唸り声が繰り出される。

「花乃は俺のものだ。そう言ってくれ――」

もちろんとっくに一樹のものだ。今も昔もこれからも、未来永劫その事実がひるがえることはない。

「私のすべて……は、一樹さんのもの、です」

まだ朦朧とした意識の中、呼吸もままならない吐息と共に花乃は大きく頷く。

ふう、と安堵のようなため息を漏らした一樹は、そっと身体を引いた。素早く身支度を整えると、花乃の身体を丁寧に拭い、いまだ身体に力が入らなくて指が震える彼女の代わりに、スーツのボタンを留めた。

ソファーから立ち上がった二人の視線が、一瞬絡み合った。どちらともなく抱き合って優しいキスを交わす。

しばらくすると名残惜しそうに唇を離した一樹から、額をつけたまま掠れた声で問われた。

「……花乃、来週の金曜日なんだが、本店で重役を集めた会議が行われる。俺もその会議には出席する。できれば、花乃にも出席してほしいんだが」

（え？　本店の重役会議に……？）

一樹に関すること以外では滅多に動揺しない花乃だが、これにはさすがに驚いた。

すっかり機嫌の直った顔に向かって不思議そうに首を傾げる。

「もしかして、セジョンの件にメドがついたのですか？」

「ああ、花乃のおかげでな。多額の損失どころか利益が出そうだと伯父から連絡があった。なので、この件については来週で決着をつける」

「それはおめでとうございます。ですが、どうして私が会議に？」

「伯父と俺の希望だ。今回のハッキングをいち早く発見して、データの改ざんを防ぎ、会社に損失を出すことなく収益が見込める方向性を示したくれた花乃には、この件を見届ける権利がある」

（そうなの……？）

ともかく一樹、つまりは社長の要請だ。

二つ返事で頷いた花乃の頭を、大きな手が労うように撫でてくれた。

「花乃のおかげでこちらは大変助かっている。決着がついたら、今度こそ泊まりがけで出かけよう」

「あ、はい。喜んで」

嬉しい！

ハッキングの件でこんなご褒美をもらえるなんて、なんてラッキーなんだろう。

「さあ、会議に行ってくる」

「いってらっしゃい、一樹さん」

ドアを開くと二人は同時に、何事もなく歩き出した。

翌週の金曜日の朝。

一樹に手を取られハイヤーを降りた花乃は、噴水の前で改めて本店のビルを見上げた。

花乃が勤め始めて早六年になるが、その間このビルを訪れる機会などまったくなかったのだ。前回の天宮専務とのミーティング訪問もまだ記憶に新しいうちに、今度は重役会議という大イベントに参加することになるとは。

不思議な感慨に浸り（ひた）つつ、セキュリティーゲートを通り抜けてエントランスに入ると、「あ、いらしたわ！」と明るい声がエレベーター付近から聞こえた。声のした方角から女性が二人、コツコツとヒールを鳴らしながら近づいてくる。

「天宮さん、お久しぶりです」

「天宮さん、ご無沙汰しています」

どちらの女性も柔らかい物腰ながら、キャリアウーマンといった雰囲気の凛々（りり）しさを感じる。

一樹とはにっこり笑い合い、短い挨拶（あいさつ）を交わす。

「成瀬、紹介するよ。こちらは商品開発統括部長の木嶋（きじま）さんと、ブランドデザイン企画部長の佐竹（さたけ）さんだ。木嶋部長、佐竹部長、こちらは花鳥ＣＲＭシステム、情報システム部の成瀬だ」

「初めまして」

名刺を交換した後、エレベーターに乗り込み、四人は連れ立って会議室に入室した。

立派な会議室では、大半の重役たちがすでに席についている。物々しい雰囲気の中、一樹は堂々と挨拶（あいさつ）をして、自分の席に座った。

そんな貫禄ある貴公子の隣に、内心のドキドキを隠し当たり前のような顔をして座った花乃は、改めて周りを見渡した。

――次の瞬間、理解した。入室した時に覚えた違和感の原因は、出席者の女性の割合の少なさだと。焦げ茶色のパンツスーツを着込んでいるせいか、周りにいやに溶け込んでいる自分のことはさておき。

（会議室に入るまでに見かけた社員の半分以上は、女性だったのに……）

そんなことを考えていると、会議が始まった。小さな事項は次々と片付けられ、議題は新しい格安ブランドの報告に移る。

立ち上げたばかりのブランドはまだ試験段階ではあったが、ある程度の利益は出している。

しかし、すでに伸び悩み感が否めず、マーケティング不足のせいだと主張する東城常務と、この結果は当然で採算ぎりぎりの今のうちに撤退すべきと意見する天宮専務の間で、副社長はタジタジとなっていた。

「――成瀬君と言ったかな？　どうだね、君たち女性も、化粧品が手頃な値段で買えるのは嬉しいだろう？」

東城常務は数少ない女性出席者の中から、本店の社員ではない花乃に聞いてきた。

「……花鳥ＣＲＭシステム、情報システム部の成瀬です。私たちのメイクは身だしなみの一つですので、お財布にやさしい化粧品は確かに魅力があると言えます」

「そうだろう」

「けれども、購入するとなれば、それが当てはまらない場合もあります」

「ん？　なぜだね、価格は当然大切だろう」

常務の言葉は、一般常識としてはごく普通のこと。

「おっしゃる通り、もちろん大切です。ですが、そのほかの要素……例えば、肌の保湿やメイクの持ちなども気になるポイントです。特に接客など人前に出る仕事ですと、お客様に化粧崩れをした顔を出すことは避けたい。ですので、手頃な価格は購買欲を高める重要な要素であっても、それだけでは購入する動機に至らない場合もあると思われます」

花乃の言葉に大きく頷いたのは女性二人だった。

「それに、低価格の商品は入れ替わりが激しいので、私自身は品質の良い信頼性の高いロングセラー商品の方が買いやすいです。プチプラコスメは賛否が分かれますが、手頃な価格でロングセラーやヒット商品を生み出すには、やはりお値段だけではなく消費者の心を掴むプラス要素が必要なのではないでしょうか」

メイクにそれほど凝らない花乃は、定番を買う癖がついているのだが、そういった事情もあった。自身の経験も踏まえて意見を述べると、女性二人が手を挙げた。

「ブランドデザイン企画部長の佐竹です。市場調査も、今述べられた意見を裏付けるような結果でした。今回の新ブランドの購入者は主に十代が中心です。アンケートでは、商品をもう一度購入すると答えた女性はたったの三％でした。おそらく、若い年代に盛んなソーシャルメディアでの、このブランドに対する不満投稿が要因なのではないかと思われます」

「商品開発統括部長の木嶋です。そのリピーターが少ない原因ですが、原価を抑えるために品質を落としたことが、消費者にいい印象を与えていないようです。肌の質感、馴染み感、特に発色や色持ちなどに厳しい意見をいただいています」

「……だが、コールセンターの消費者データの分析結果は、月並みなのだろう？」

東城常務の渋い声に、一樹が大きく首を横に振った。

「残念ながら、分析結果が示しているのは苦情の数が増えているという現実です」

「馬鹿な、そんな報告は受けていない！」

「そうだ、順調だと聞いているぞ！」

常務派の何人かが動揺している。それもそうだろう。花鳥ＣＲＭシステムの芝安部長によって事前に彼らにもたらされたであろうデータは、ハッキングで捏造（ねつぞう）されたデータだ。この会議室で大きくスクリーンに映し出された数値とは明らかに違う。

「それに今回、経常利益がギリギリなのは、セジョンの在庫品すべてを花鳥ケミカルに回したおかげです。この取引がなければ大きな赤字となっていたことでしょう」

天宮専務の言葉に、会議室には大きな動揺が走った。

役員会でも在庫の問題は軽視できないものだったらしい。専務が規格外製品すべてを花鳥ケミカルで加工し直し、他の製品として売り捌いた事実を述べると、たちまち称賛の声が上がった。一方で、そんなはずはないとの揶揄する声もあちこちで上がり、しばらく会議は紛糾した。

「……皆さん、一旦休憩にしましょう。続きは午後からということで」

これは長引きそうだと察した今日の会議の進行役は、昼食休憩を提案する。

皆が会議室を出る中、一樹は東城常務を呼び止めた。

「少しだけ、お時間をいただけますか」

「……ワシも、あのデータについては聞きたいことがある」

頷いた常務と一樹は、側の椅子に腰掛けた。

花乃が「では私はこれで……」とその場を立ち去ろうとしたら、一樹に引き止められてしまった。

「成瀬、すまないが私に説明してくれたように、常務にもあのデータの件を報告してもらえるか」

一樹の言葉を聞いた花乃は、今回の件は東城常務の指示ではないと察した。会議中の常務の態度を見ても、苦情の報告を聞いた時は本当に驚いていた。

ならば第三者という公平な立場であり、問題を発見した自分が説明した方が分かりやすいだろう。

東城常務からの話も加えて、今回の問題をまとめるとこうだ。

高級品が売れにくいこの時代に売り上げを伸ばすため、常務の提案で低価格の商品ブランドを発足することになった。彼の方針に賛成した資材調達部の社員が、アメリカのセジョンという会社のアジア支部から安値の素材を購入して、現地で委託生産の契約を結び、試験的にブランドを立ち上げた。

だが工場生産のテストサンプルはそこその品質だったのに、続けて生産された商品はすぐに劣化する不良品ばかりで、会社は大量の劣化商品を在庫に抱えることになった。その上、品質チェックから漏れた不良品が市場に出回り、コールセンターにかかってくる苦情の件数が急増した。青くなった常務派は、彼の立場を思い憚って最近ヘルプデスクに派遣された社員を使い、苦情件数を操作するためデータベースにハッキングしたのだ。

「……私どもの方でハッキングの形跡を調査して、用意したダミーにわざとアクセスを許したのです」

ダミーのデータは改ざんされた結果、二つの違うデータが出来上がった。

「今日、天宮社長が示したデータが本物です」

「……なるほど、それで事前に渡されていた資料と食い違っていたのか」

花乃の言葉に常務は難しい顔をして考え込んでいる。

「だがどうして今回は、仕入れ先であるセジョンからの買い付けの質が悪いのだ？　それに、生産コストを抑えるために委託したとはいえ、規格外が工場生産ラインで大量発生するなど前代未聞だ」

東城常務は、どうしても納得いかないという顔をして言う。

「セジョンの親会社はアメリカの製薬会社だぞ。アジアでの管理もしっかりしている」

「去年までなら確かにそうでした。ですがその親会社は、今アメリカの三つの州で訴訟を起こされる寸前なのです。その対応に追われて、多額の資金不足に陥(おちい)っています。従って現地から本社の人材を引き下げているのです」

「何!?」

一樹に目で合図をされ、花乃は頷いて説明を引き継いだ。

「これはアメリカの今後の医療問題に関わることですので、公(おおやけ)にはまだ大きなニュースになっていません。訴訟が確定していれば、事前調査で引っかかったかと思いますが」

常務は、一樹が示した資料を食い入るように見ている。花乃の言葉通りであることを確認すると、大きなため息をついた。

「――分かった。格安ブランドについては専務の考えが正しいのかもしれん。情報操作の件はこちらで厳しく対処する。だが、こんな情報どうやって……」

「この成瀬が入手しました」

「……この若い女性が、か?」

常務は花乃を意外そうな顔で見ている。

「女性であることも、年齢が若いことも、彼女の能力とは関係ありません」

一樹ははっきりと常務に進言する。

「以前から申し上げていますが、この成瀬のように能力に優れた者を正当に評価していただきたいのです」

「……ここでその話を持ってくるか……」

苦い顔の常務に、一樹は大きく頷く。

「誤解しないでいただきたいのですが、私は女性を優遇しろと言いたいわけではありません。個人の能力に合った、正当な評価をしましょうと申し上げているのです」

「……だが、女性は家庭を守らねばならん。荷が重すぎる困難な仕事は……」

「それは男性管理職にありがちな思い込みです。家庭と仕事をうまく両立して働いている女性はたくさんいます。それなのに、同じ業務内容で男女の給与格差があるのは問題です」

「しかし、ワシは家庭のことは女房に任せっきりだが、子供のいる家庭は色々と大変だろう。家族の主たる生計者である男には、家族手当も含めてそれなりの……」

「だからこそ、育児休暇やテレワークの活用など、働き方自体をフレキシブルに変えていくべきではないでしょうか。それに加え、女性の管理職以上への積極的な登用、男女平等の給与設定を設けることで、男女共に負担が軽くなるはずです。特に子供のいる共働きの家庭にとっては、会社の子育て支援があると安心して働ける重大なポイントとなりますよ」

花乃は一樹の言葉に、確かにそうだと援護の言葉を口にした。

「……私たちは、多くを望んでいるわけではありません。同じ会社で同じ仕事をしているのであれば、皆平等にと願うだけです。また、家庭を持つことを支援していただければ、男性であれ女性であれ、長く勤めたいと思うのではないでしょうか。そのためにも経験を生かして会社の発展に貢献しようと、一段と仕事に励むと思います」

「――ふむ……」

わずかだが、常務の態度が変わってきたようだ。

風向きの変化が感じられる中でも、一樹はあくまで穏やかな調子で説得を続ける。

「ところで、常務の家の家計は、奥様が握っていらっしゃるのではありませんか？」

「なっ！　確かにそうだが、それとこれとは――」

「同じことです。すべての女性が常務の奥様のように、家庭内の仕事に長けているとは限りません。男性にも同じことが言えるでしょう。すべての男性が管理職に向いているわけではない。常務は奥様個人の能力を買っていらっしゃるからこそ、家庭を任せているのでしょう？」

しばらくこちらを珍しい者でも見るような目で眺めていた常務は、重いため息をついた。

「……まあ、今回の件もあるしな、少し考え直してみよう。だがやはり、男の育児休暇とやらについては――」

「社員やその子供たちは、私たちの現在のお客様、未来のお客様です。企業は彼らへの支援を惜しむべきではありません。この花鳥グループのような大企業が、少しでも社員に働きやすい職場を整え、家庭での家事育児分担率平等への貢献を目指し、家庭を築きやすい環境を提供することは、この国の未来にとって重要なことです。ですがこの件は、またの機会に説得させていただきます」

「……やれやれ。まあいい、それについても考えてみる」

「ありがとうございます」

（よかった。一歩前進だわ）

双方とも納得顔で、椅子から立ち上がる。

最初に漂っていた緊張感が薄れる気配に、花乃は安心して胸を撫で下ろしたのだった。

会議室を出て常務と別れた二人は、まだ人気の少ない食堂で少し早めの昼食をとることにした。

今日の会議での成果を話し合っていると、もうすでに会議再開の時間が迫っている。そんな時、ふいに後ろから声がかかった。

「天宮、久しぶりだな」

「やあ、東城。元気そうで何より」

一人の男性がこちらに近づいてくる。会議で見かけた顔だ。

(東城？　ということは……)

「花乃、この男は人事部の東城だ。東城常務のご子息でもある」

やはりそうか。だが、この黒縁眼鏡をかけた真面目そうな男性は、先ほどの会議でのわだかまりがあるようには見えない。屈託のない笑顔で、花乃に握手を求めてくる。

「東城、この女性は、花鳥ＣＲＭシステムの成瀬花乃さんだ」

「東城剛です。成瀬さんですね、お会いできて光栄ですよ。今後もよろしく」

ふんわりと握られた手は温かかった。

「今日は人事部長の顔をお見かけしなかった。もしかして代理か？」

東城は、一樹の言葉に苦笑いだ。

「ああ、今日はな。部長曰く『このクソ忙しい時に、結果が分かりきった茶番に付き合ってられるか。お前が行ってこい』だと」

「あの人らしいな」

二人はずいぶんと打ち解けている。昔からの知り合いなのだろうか。

「まったく、あの頭の固いオヤジどもには困ったものだ。でもまあ、今回の件は、これでなんとかなりそうだな」

東城は、見るのもやりきれんと額に手をやるとため息をつく。

そんな彼に一樹は、安心しろとばかりに笑いかけた。

「任せろ、今後もなんとかしてみせるさ」

「期待してるよ。協力は惜しまない。俺も、家庭と仕事は両立させたいからな」

「君が結婚する頃には、もっと話を進めるさ」

「大きく出たな。言っとくが俺と優里はもうゴール目前だぞ」

「……如月君は、そんなこと一言も言ってなかったぞ」

(如月って——もしかして一樹さんの秘書の方?)

覚えのある名前が会話に出てきた途端、胸に安堵がさざ波のように広がった。あの秘書は、東城の恋人だったのだ。

二人が並んで話す姿は、一緒に戦う戦友のようだった。一樹の和んだ雰囲気を感じ取った花乃は、この男性が味方だと判断する。

(……一樹さんのこんな顔、初めて見た)

同世代の二人は、活躍する場は違っても高みを目指す好敵手(ライバル)なのだろう。そんな彼らの姿にしばし気を取られていると、突然、一樹に肩を抱き寄せられた。

「何と言っても、俺には花乃がいるからな」

それを聞いて、東城は花乃を眩(まぶ)しそうに見つめてくる。

「もしかしてこの女性か？　倉田と優里が言ってた、天宮を日本に留まらせた噂の〝天宮殿下の妃(きさき)候補〟ってのは」

(え⁉　妃(きさき)候補って……？)

もしかして、一樹の親しい友人らしいこの人に、彼の恋人だと勘違いされている？

慌てた様子の一樹と花乃は、どちらも東城の言葉を素早く、そして強く否定した。

「違う、候補ではない！　嫁は花乃だと決めている」

「いえ違います、とんでもないです。私はただのセフレです」

周囲がシーンと静まり返る。

(あれっ？　今、微妙に認識が違ったような……)

「花乃、一体何を言っているんだ⁉　今の暴言は何だ！」

「一樹さんこそ何ですっ、今の発言は⁉」

二人がまた同時に叫ぶと、呆気にとられた東城は目を丸くした。

「俺たちはもう、結婚も秒読み段階だろう！」

「一樹さん？　ほんっと、何を訳の分からないこと言ってるんです⁉」

卓球のラリーのようなやり取りが続く一樹と花乃のあまりの噛み合わなさに、東城は呆れ顔になっている。

だがハッと腕時計を確かめると、こちらを見て時間がないと促してくる。

「あ〜、その、俺が言うのもなんだが……天宮、お前の成瀬さんへの口説き方に問題があったんじゃないのか？」

「何を言う、東城。俺と花乃は、君と如月君より先に式を挙げると決まっている」

「……結婚式には出席してやるが、その前に話つけとけよ。さあ、行こう。会議がもう始まる」

東城は二人を残してさっさと歩き出した。

「時間切れか。……花乃、後でキッチリ今後のことを話し合うぞ。ともかく、花乃は俺の大事な恋人なんだから、次は結婚だ。分かったな」

「はいっ⁉　ぜんっぜん分かりません。何です、いきなり……」

「いきなりじゃない！　それに十五年も待ったのだから、遅すぎるくらいだ。ほら行くぞ、いつも通り俺の側にいろ」

（へ？）

腕を掴まれた花乃はまったく訳が分からない。呆然としながらも、一樹に引きずられるように無言でついていった。


その日の夜。外の門がガチャンと閉まる音が聞こえた。

（あ、一樹さんが、帰って来たわ！）

どきどきしながらも、花乃は急ぎ一樹を迎え出る。

一樹は伯父である専務に付き合ってお酒を飲んできたせいか、上機嫌なまま玄関に入って来た。

その手には、色鮮やかな真紅の塊を抱えている。

……これは、今までで一番大きな花束なのでは。

「っ、お帰りなさい、一樹さん」

お昼のあの出来事以来、一樹と二人きりになるチャンスは残念ながら訪れなかった。会議室で別れてから、一旦会社に帰った花乃は落ち着かない一日を過ごす羽目となった。

踊り出したいような、逃げ出したいような……花乃の頭の中では、昼から同じ疑問がずっとクルクル回っている。

（一樹さん、私が恋人って本当ですか？）

一樹の堂々の恋人宣言を、心では信じたい。だが頭では信じられない。

本当に恋人だと思ってくれているのなら、彼の口からきちんとした言葉を聞きたい。

「ただいま。花乃、俺と結婚してくれ」

「……え⁉」

予想の斜め上をいく彼の〝ただいま〟の挨拶に、一瞬の間が空く。告げられた言葉の意味を呑み込んだ途端に、心臓が早鐘を打ち始める。

こちらをじっと見つめる一樹の視線は、痛いほどで。移り香なのか、甘やかなバラの香りがその身体から漂ってくる。

「ほ、本当に――ですかっ？」

呆然と花束を受け取りながらも、一樹の言葉に一瞬で心が舞い上がる。が――

「もちろんだ。花乃、ずっと好きだった。昔、手作りの弁当を一緒に食べていた時から」

続く言葉で、天にも届きそうだった心がどすんと重くなる。

――十五年前も好意は持ってくれていたとは思う。少なくとも個人的なお土産を渡される程度には。だが、彼の本音を聞いてしまっている花乃は、その好意程度でプロポーズしてくる彼の真意が分からない。

この人の言う〝恋人〟の定義とは一体何なのだろう？

「あの、一樹さん……その好きって――」

どの程度の、と言いかけて、言葉に詰まる。……怖い。はっきり彼の口から聞いてしまうのが。

一体どこまで本気なんだろうと思うのに、問いかけの言葉を最後まで口にできない。

一樹のプロポーズは単純に嬉しい。それこそ、浮き立つ心が理性を押さえ込んでしまいそうなほど。

だけど、やっぱり愛がない結婚ほど惨めなものはない。

花乃は、自分の実母、育ての母と父との生活という、生々しくも反面教師のような環境で嫌というほど現実を見てきた。だからこそ、彼がどういう意味でプロポーズを申し込んでいるのかを、ちゃんと理解したい。

「花乃、結婚してくれ」

「あ……」

鋭く射貫くような熱い視線。

「『はい』以外の返事は、受け取らない」

「っ、あの……」

「ごり押しなのは百も承知だ。俺もまさかこんなに早く、こんなに抑えが利かなくなるなんて思いもしなかった。だけど花乃が欲しいんだ、どうしてもすべてが欲しい。お願いだ、俺と結婚してくれ」

「ちょ、ちょっと待ってください」

思わず、彼の茶色い瞳を凝視してしまう。

こちらを見つめ返す瞳には、熱の籠(こ)もった琥珀色(ゴールド)が煌(きら)めいて、彼の固い決心を映し出している。

「分かっている。再会してから間もないのだから、もっと時間をかけて申し込むべきだとは。俺も、本当は待つつもりだった。待って、花乃の心の準備が整ったらプロポーズする予定だったんだ。だがもう待てない。もう二度と花乃を手放せない。ずっと俺の側にいてくれ、一生大事にする」

思っても見なかった彼の真剣な言葉に、引き込まれそうになる。

「花乃はどうすれば俺との結婚を承諾してくれる？　金も地位も手に入れた。住む家も用意した。絶対に不自由はさせない。結婚に必要な条件はすべて揃えたつもりだ」

（っ……そんなもの！）

眉をひそめる花乃に、一樹は言葉を重ねてくる。

「仕事もこの家も花乃の好きにしていい。指輪ももちろんだ」

――普通の女性なら、十分な条件なのかもしれない。だが、壊れた家庭で育った花乃にとっては、何の意味もありはしない。

結婚に対して、あまりにも違う二人の価値観に、くらりと目眩がしそうになった。

「だ・か・ら・ですね！　一番肝心なものが、欠けてるんですよー！」

勢いあまって叫んだ花乃に、一樹はその唇の形をなぞっていた手を止めた。綺麗な瞳が驚いたように見開く。

「肝心なもの？　結婚にか？　そっちはうまくいっている……と思っていたんだが。花乃の初めてを、思いっきり抱いたのは俺が悪かった」

一旦止めた手をゆっくりと動かして、「あの夜については、深く反省している」とくすぐるように首筋を撫でてくる。

「なっ、ち、違います！　そのことじゃありませんっ」

そちらの方面で不満があるわけではないと口走ったことで、一気に全身が真っ赤になった。

「だからですね、結婚は、一樹さんが私を愛してくれないとできないに決まってるでしょう！」

（もう、この分からず屋っ、一樹さんってものすごく頭はいいのに、どうしてこんな大事なことが分からないのっ！）

鬱憤がつのるあまり、拳を思いっきり握り締め、勢いで壁を叩いてしまう。

ドンと鈍い音が響いた。

「できるわけないじゃないですかっ、心から求められているわけでもないのに！　好意程度の好きで結婚なんて――」

花乃の言葉に一樹は目を見張った。

「違う、誤解だ！　好きだとは言ったが、好意程度では決してない！」

悲しそうな目をしたまま、花乃は花に罪はないと花束をそっと棚の上に置いた。

「――どちらにしても同じことです。愛がない結婚なんて、絶対お断りです！　愛があっても壊れる結婚は多いというのに、愛されない妻なんて、私はごめんですっ！」

普段は滅多に見せない花乃の悲しみの混じった悲痛な叫びに、一樹は呆然としている。

「そうではないっ。花乃は俺にはなくてはならない大事な人だ。愛なんて簡単な気持ちじゃない――花乃は俺にとっての酸素なんだ！」

「はい⁉　え、酸素……？」

真剣な顔で告げる貴公子を、思わずぽかんと口を開けて眺める。

――一体いつから、科学の話になった？　一体全体、なぜに愛が酸素に化ける……？

「俺の気持ちは、〝愛〟なんてごくありふれた気持ちじゃない。そんな軽いもんじゃないんだ」

（愛が、軽い……って？）

一樹の真摯（しんし）な訴えにたじろいでしまう。

「言葉では言い尽くせないくらい花乃が大事なんだ。俺の気持ちは愛なんかよりもっと深くて、かけがえのないもので……花乃は俺にとっては唯一だ」

「っ……」

驚きのあまり声が出なかった。

「分かってくれ、花乃。毎朝花乃と一緒に目覚めたい。夜も一緒に眠りたい。これから過ごす、すべての日々を花乃と一緒に生きたいんだ。一日たりとも離れたくない。だから結婚してくれ」

（……まさか、待って、もしかして、もしかすると……）

心と頭でたどり着いた結論を、信じたいけど信じられない。

だが花乃はこれからの人生すべてを懸ける、一大決心を口にした。

（お願い、聞かせて）

「……一樹さん、今すぐ〝愛してる〟って言ってくれないと、あのドアから出て行かせてもらいます」

「愛してる、花乃」

即答だった。一秒の間もなかった。

「誰よりも愛してる。花乃を愛してる、心から愛してる。俺には花乃だけだ。だからお願いだ、出て行くなんて言わないでくれ」

溢れんばかりの愛の言葉と共に、優しいキスが顔中に降ってくる。

（……信じられないけど、一樹さんのこれって、私の過剰な偏愛と同じ――なの？）

彼も私も、お互いが唯一の人。

嬉しい、言葉に尽くせないほど嬉しい……

そう感じると勝手に涙が溢れて、目尻から頬へと伝い流れ落ちていく。

「泣かないで、花乃。本当に愛してるんだ……」

目を瞑って静かに泣いている花乃の目尻に、優しい唇が何度も落ちてくる。

嗚咽をこらえていると、キュッと結んだ唇の輪郭を柔らかく舐め上げられた。

「……一樹さんは、私のことなんか眼中にないと思っていました」

「なぜ？　俺は花乃以外の女性との未来など、考えたこともないのに」

包み込むように抱き締められて、全身から力が抜けていく。

長い間心にあったわだかまりの答えが、今なら……聞ける気がした。

「だって、私は一樹さんのタイプではないのでしょう？　偶然、聞いてしまいました」

「何のことだ？　俺はそんなこと、言った覚えなど――」

「十五年前、友達にそう話していました」

目を見開いた一樹に、花乃は覚えていることを全部打ち明ける。

「ああ！　あの時の……だからなのか」

一樹は納得がいった顔で、あの日から図書館に来なくなった花乃に、どれだけ連絡を取りたかったかと告げる。それなのに着信拒否されたせいでどん底に落ち込んだ、とも。

「――っ、だけど一樹さん、どうして連絡を取りたいと思ったんです？　兄が同級生だったとはいえ、わざわざ私など構わなくても……」

不思議に思って聞いてみると、一樹は何かを躊躇ったような表情を見せた。そして、しばらくの間、無言でじっとこちらを見つめて近づいてくる。その迫力に思わず一歩下がった花乃は、いつの間にか壁に身体を押し付けられていた。

一樹の両腕に左右を挟まれ、四方から閉じ込められる。見上げた顔は真剣そのもの。逃げないでと瞳で訴えてくるその重い雰囲気に、身動きできない。

「花乃、すまなかった。あの時の俺は誤解していたんだ。だからあんなやけになって、思ってもいないことを――」

次いで、十五年前に贈ったネックレスを覚えているかと聞かれた。

「え？　あの、バラのネックレスのことですか？」

唐突な質問に面食らったが、もちろん忘れるはずがない。

「覚えていたんだな……あれは土産だと言ったが、本当は、俺からのバレンタインのプレゼントでもあったんだ。あの時は、花乃がチョコレートをくれると思っていたし、俺からも気持ちを形にして贈りたかった」

「っ……じゃあ、あのネックレスに刻んであったのって……」

金の留め具には、「Forever and Always K&K」と彫ってあった。

それは恋人や親友同士でよく使われる親愛のメッセージ。その意味を知っていたからこそ、花乃は一生大事にすると誓っていたのだ。

「『いつも、いつまでも、二人は一緒に』。そうだ、その通りなんだ」

照れたように、だがはっきりと一樹は言った。

「あの頃から俺は決めていた。花乃を一生のパートナーにすると。――分かっている。俺たちはまだ学生だったし……」

いくら何でも重すぎるよなと言いながらも、その言葉に目を丸くした花乃を、逃げないでくれとますますキツく拘束する。

「だから――」と何か言いかけた一樹を、花乃は慌てて遮った。

「ごめんなさいっ、一樹さん！　実は、あのネックレスは失くしてしまって……」

知らなかったとはいえ、一樹のそんな想いが詰まった大切なものを紛失してしまったなんて。

喉から嗚咽を漏らした花乃を、一樹は柔らかく抱き締めた。

「花乃、泣かないで。悪いのは俺だ」

宥めるように背中を優しくさすってくる。

「だいぶ後になってからだが、成瀬から――お前の兄からすべてを聞いた。俺は誤解していた。てっきり花乃は、あれをあげてしまったのだと……」

とんでもない、と花乃はフルフルと頭を横に振った。

「ああ、勘違いしたのは俺だ。だがそれで柄にもなく、ひどく傷ついてな」

一樹は苦笑いしながら続ける。

「あの時はちょうど、花乃が中学生だと知って動揺していたのもあって……。その上贈ったネックレスまでもと、本当にどうしていいか分からなかったんだ。だからあんなひどいことを口にした。

だが、それが誤解だったと分かった時には、花乃はもういなくなっていて……。すまなかった。どうか許してくれ」

許すなんて……。お互い誤解して、お互い傷ついて、だけどお互い忘れられなかった——ただそれだけのこと。

「花乃。よかったら、もう一度これを受け取ってもらえるか？」

スーツの上着から、一樹は小さな箱を取り出した。

「一樹さん……どうして、それを——？」

中から出てきたのは、忘れもしない、可憐な金のバラの花がついたネックレス。

「巡り巡って俺の手に戻ってきた。いや、取り戻したんだ。このバラを花乃だと思って、ずっと手元に置いてきた。俺の気持ちは、このメッセージを刻んだ時と何一つ変わらない」

だから、もう一度これを受け取ってほしい——そう言って、そっと金のバラのネックレスを差し出してくる。

それは記憶に残っていたよりも、ずっと可憐で、ずっと繊細な、枯れることなく輝き続ける一輪の花。

十五年間も、取っておいてくれたなんて……今まで贈ってもらったどんなバラより、彼の気持ちが込められたこのバラが一番嬉しい。

感激のあまり微かに震える手で、ネックレスを受け取った。

「今度こそ、一生失くしません……」

「花乃、心から愛しているよ」

「っ……一樹さん、私も……私もずっと好きでした。どうしても、どうしても忘れられなかったの――」

溢れ出す気持ちは止まらず、一樹の胸に飛び込んだ。馴染んだ温もりに包まれて、心も熱くなる。

「これを、つけてもらって……いいですか……？」

優しい手が、十五年前と同じく首に二人の気持ちの証をつけてくれる。

嬉しさでいっぱいの花乃は甘えるように抱きついて、一樹の背中に回した腕にそっと力を込めた。

「一樹さん、私を愛して。今すぐに」

離れていた間のわだかまりなど忘れてしまうぐらい抱いてほしい。

「ああ……、俺の愛しい花乃」

軽々とすくわれると、あっという間にベッドルームに運ばれる。そのままの勢いで、ポーンとベッドに身体を横たえられた。

「もう二度と離れないと誓うよ」

唇を深く重ね、着ているベビードールが一気に脱がされる。

待ちきれないとばかりに熱い舌が強引に侵入してきた。せわしなくショーツまでも片手で剥がされ、すぐに生まれたままの姿になる。

優しく撫でられる首筋から、肩、鎖骨、胸元……と長い指先が素肌を滑っていく。

気持ちいい――……

もっと、もっと触れてほしい。それに何より。

（一樹さんが、今すぐ欲しい）

花乃は震える手を彼に伸ばした。

「花乃、俺に触れてくれ」

そんな煽情的で積極的な仕草に煽られたのか、一樹は自分の服もすべて取り去ると、花乃を横抱きにした。肩をぺろりと舐め、つまみ食いするように肌を齧ってくる。背中にあったはずの手は背骨に沿って滑り下り、お尻や腰を撫で回していた。

触れられるだけで、電気が走ったようにずくんと感じる。身体が甘く濡れてしまうのは一樹だからこそ。

硬い胸板の感触に、うっとりとなる。

そのまま手を下げて、もうすでに硬くなっている彼自身を柔らかく握り締めた。

「一樹さんも……もっと、私に触って」

花乃はそう言って、引き締まった身体に擦り寄る。

彼が欲しい。奥まで触れてほしい。好きで好きで堪らない。

気持ちが後から後から溢れるが、今はただ一樹と一つに繋がりたい。

「花乃、愛してる。今すぐに花乃の中に入りたい。いいか」

何度もはっきり告げられる「愛してる」という言葉を受けて、花乃はもちろんだと頬を染めて頷いた。

ありがとうと言うように、鎖骨を彷徨っていた舌が頬を舐め上げる。

「……初めてですね、そんな風に許可を求めてくるのは」

「……プロポーズの返事をまだもらっていない。だけど花乃に触れたくて堪らないんだ」

そういえば、返事はまだだ。――けど一樹が欲しくてしょうがない心は昂って、通じ合っての初めて――愛し合うことを優先してしまう。触れたいのは花乃も同じだ。想いの代わりに少し強めに手を動かすと、手の中の屹立が一層大きく硬くなった。滑らかな先端から雫が滲み出す。

一樹は親指で花乃の唇の輪郭をそっとなぞった後、なだらかな曲線を堪能するように手のひらで肌を撫で回してくる。両手で胸の膨らみを持ち上げられると、甘美な感触に背中がぞくぞくした。

「この可愛い唇も、胸も、花乃のすべてを、食べ尽くしてしまいたい」

一樹は熱っぽい吐息で熱くなる肌を軽く齧り、唾液で濡れた歯形の跡を満足そうに眺めている。

抑えきれない情熱のせいで至るところを甘噛みされた花乃は、彼のものだという印で全身を埋め尽くされ、あちこちが赤く色づいていた。

「覚悟しろ、花乃。今日は返事をもらうまで、止めないからな」

態度も見かけも上品な紳士なのに、やはり彼は狼だ。

その熱い視線で、狙った獲物をじっくり味わうように見つめられる。

――今、完全に捕まった。

そんな確信が頭を巡り、自分の中でカチッと何かがハマった音が聞こえた。花乃の背中がぞくっと震える。

「花乃を見るたびにキスがしたい。いつでもどこでも欲しくなる」

大きく上下する胸元に顔を寄せた一樹は、「花乃も同じくらい俺を欲しがれ」と言って、赤い蕾を口に含んだ。同時に花乃の足の間に手を差し入れ、すでにそこが濡れていることを察したようだ。

「濡れてる。だけどもっと――」

チュウウと硬い蕾を強く吸って食んだまま、両足を大きく開かれる。

抱えた片足を伝って下りてくる唇に、背中がゾクゾクして蜜が溢れてくる。

「ぁ、こんな格好……」

「本当に綺麗だ」

柔らかい内ももに一樹はキスをしつつ、熱い舌で舐め回す。

一度その気になった一樹は、少々のことでは止まらない。

強すぎる快感に花乃が抗議するように髪をかき乱しても、一心に濡れた中心を舐め上げている。

「や、もう、あ、ん……」

花乃が感じるところを知り尽くした、唇と舌の動き。腰の奥がぞくりと騒めき、気持ちいいとしか言いようがない快感に身も心も支配されていく。蜜口をほぐすように尖らせた舌で中をかき混ぜられると、さらに蜜が溢れ出した。

「はぁあっ、んんっ……、ぁん……、そんなにしたら、すぐにイっちゃ――」

いつもよりずっと性急な愛撫に、身体はたちまち火照ってくる。浅く呼吸する息まで甘く濡れてきて、堪らず淫らな声を上げ続けた。

「……あっっ……んっっ……あぁ……っっ」

「乱れた花乃は、最高に可愛い」

ピチャピチャと濡れた音に、激しい息遣いと喘ぎ声が混ざる。

温かく滑った舌の感触は最高にいい。

快感が連続して花乃を襲い、貪り続ける獰猛な唇から逃れるよう腰をよじるけれど、膣中はすでにドロドロに熱く溶けている。

上に上にとずり上がっていく身体は、いつの間にかベッドから上半身がはみ出ていた。

もう、もう、イッてしまいそう。だけどもっと彼が欲しい。

「ダメだ、逃がさない、花乃」

「あぁっ、ん、んっ……」

思い切り伸ばした舌で、浅いところを突かれた途端、甘い痺れが身体中を走った。ベッドからずれ落ちてしまった身体には力が入らない。

一樹は花乃を軽々と片手で引っ張り上げると、すぐに「もう少し味わいたい」と太ももの間にまた顔を埋めた。お尻に近いあたりで、肌がチリと焼けるように熱くなった。きっとまた、甘噛みされたのだ。

「ぁ……っ」

熱い息が敏感な膨らみにかかった。待ち焦がれていた快感への期待と痛がゆいようなもどかしさを感じた瞬間、身体中に甘い電流が走る。長い指で花芽を剥き出しにされ、強く吸い上げられた。

「んんーーっ……」

脳が痺れ、視界が揺れる。

「ああ、花乃、可愛い……もっと、乱れて」

溢れる愛蜜と、ひくつく花芽を味わい尽くすように動く舌。熱く鋭い眼差し。

その力強い腕で、快感に揺れる腰を強く押さえつけられる。

「あ、ん……もっと……くださ、ぃ……」

欲しがることにためらいはない。彼はそんな自分を求めているのだから。

一樹は、花乃の呼吸が乱れて身体を震わす姿を嬉しそうに眺めている。恍惚感に浸っていても、その視線に捕まると身体がたちまちカッと熱くなる。

深い快感がさらに奥深くにまで浸透してきた。

「好き、大好きなの――かずき、さん……」

力を抜いてすべてを一樹に委ねた花乃の唇から、自然と甘い想いが溢れた。

心置きなく素直な気持ちを言葉にすると、幸せで声が震える。

興奮した一樹の息がたちまちさらに荒くなり、「愛してるよ、花乃」という愛の言葉と同時に、唇と舌が貪り尽くす。

「ぁ……ぁ……あっ……ああぁ……」

クる――。身体の奥から持ち上げられるような熱い奔流。それが一気に身体中に流れ込む。

強く押し寄せる快楽の波に流され、意識も身体も溺れそうになり、呼吸が上手くできない。

開いた唇からは自分のものとは思えないような、艶めかしい喘ぎ声がひっきりなしに溢れた。
一樹は無言でそこを貪り続けるが、熱い視線は乱れる花乃の様子をしっかり捉えている。
身体の中心から生まれてくる甘い痺れと、心から生まれる陶酔感が、花乃の全身を容赦なく襲う。

「あ……もう……っあ……だめ、またいっちゃ……あ——……っ」

膨らみを強く吸い上げられた後、犬歯を立てられた。そして、じんじんとする花芽をいたわるように、熱く濡れた舌が押し付けられる。

大きく押し寄せた奔流にいきなり巻き込まれ、身体がふわり放り出されたような感覚がした。

落ちる、落ちてしまう。

けれど、なんて気持ちいい。甘く痺れた身体が、落下しながら溶けていく。そのまま永遠に続くと思われた時間は、温かい一樹の腕に抱き締められてまた動き出した。

あぁ、そうか。どんなになっても彼が優しく受け止めてくれる。

熱で浮かされた心が、ふわふわと降下してきた。

けれど、夢見心地でゆっくり弛緩する身体を休める間もなく、腰を力強い手で掴まれる。

猛る屹立が蜜口に当てられた。

「俺のものだ、花乃……」

熱い囁きが聞こえたと同時に、彼が中に入ってきた。

だけど痺れたような状態では、声も出せない。

「あ……」

その一言が精一杯だった。

――愛されている。

そう確信した心は止めどなく彼を求めてやまない。惜しみなく愛の言葉を囁き、奥へと突き進んでくる彼を誘うようにキュンと締めつける。

もっと深くまで彼が欲しくてしょうがない。

それに応えるように一樹は、低く唸って一気に奥まで貫いた。

「あぁっ……！」

「花乃っ……」

はずみでベッドが激しく軋む。

腰を強く押し付けたままの一樹は、もう離さないとばかりに花乃をぎゅうっと強く抱き締めた。

彼の熱が直接花乃の肌に伝わり、その身体の重みと熱さに心が震える。

（この、息苦しいぐらいの圧迫感が好き――）

硬く熱い彼が膣中で脈打つのを身体中で感じられるこの瞬間は、彼に抱かれているのは自分だと身をもって確かめられる。

自分の中に愛する人がいる。世界中の誰よりも一樹の存在を間近に感じる。

「花乃を抱くのは、俺だけだ……！」

言い放つと一樹の力強い突き上げが始まる。

「あっ、あっ、あっ、ぁん……！」

逞しい腰の動きは、花乃の弱いところを容赦なく攻めてくる。とろとろに蕩けた場所を何度も穿たれる激しい突き上げに、目の前が真っ白にぼやけてくる。

奥をノックされるたびに、頭のてっぺんまで甘く痺れてボンヤリしてくる。甘い悦びが溢れ、太ももを滴り落ちる。

もうこんなに、感じている……

艶めかしい声も、耳を覆いたくなるような乱れた声も、自分のものかどうかもう分からない。

恍惚としながらも無意識に身体を揺らすと、流れる一樹の汗の雫がポタと上から落ちてきた。肌の上で二人の汗が交わり、滑り落ちてシーツに染み込んでいく。

打ち付けられる衝撃で大きく揺さぶられる身体は、だんだんずり上がってしまうが、一樹は腰を掴んで引き寄せ、さらに奥へと激しく腰を送り込んでくる。

そのたびに快感に追い詰められ、身体は大きな力に押し上げられた。花乃は一樹の腕に縋るようにしがみつく。

でも、このまま流されるだけでは嫌だ。もっと奥まで繋がりたい。

熱に浮かされ彼へと手を伸ばせば、一樹はすぐその両手を掴まえてくれる。そのまま握り締めた手をベッドに押し付けられた。

「俺を感じるだろう」

身体の重みがぐっとかかってくる。

感じる。今この瞬間繋がった二人は一つに溶け合っている。

心の欲求が満たされた花乃は、甘い吐息を漏らし微笑みながら頷いた。途端に、逞しい腰が繋がりを訴えるようにぐるっと円を描き、グラインドしてくる。

……深い。なんて奥深くにまで彼は入ってくるのだろう。

「ぁん……あぁ、あ、あぁっ……」

「花乃……ずっと、こうして、愛しあい……たい」

余裕のない激しい息の下から掠れた声が聞こえた。

「覚えて、いて、いつも……いつまでも、二人は一緒だ」

どんな言葉よりも、愛してると気持ちの込もった愛の囁き……

差し出された心とその温もりに花乃の心が震えた。

声も出せずわななくと、たちまち絶頂に呑まれる。震える身体を強く抱き締められ、極めつけのずんとくる一突き。一樹の熱い情熱が、どくっと花乃の奥深くまで注ぎ込まれていく。

「花乃、愛してる……結婚して、くれ」

ハアハアと荒い息遣いの下から紡ぎ出される求愛に、心と身体が共に温かく濡らされ、満たされた。

(——こんな、意識が朦朧としている時に……、一樹さんってば、ずるい……)

ボーッとしながらそう思うものの、それ以上に、こんな荒い息の下、まだプロポーズしてくる彼の必死さが嬉しかった。彼の本気が伝わってくる。

「愛して、います……一樹さん……結婚は……前向きに、検討しま、す……」

思考力が働かない中、今の精一杯の言葉で正直に伝える。

結婚なんて一大事、簡単にイエスと言えるわけがない。

すべてに納得するまで、二人でもっと話し合う。

だけど、今はこうして彼に抱かれて幸せ気分を味わいたい。

「花乃……」

優しく名前を呼ばれると、眦にチュッとキスが落ちてくる。

「好きだ」

ちゅっ。

「愛してる」

ちゅっ。

「結婚してください」

続いて頬、鼻先、額へと、優しいキスは続いていく。

そのまま顎や肩先までも唇は動いて止まらない。

「愛してるんだ」

ちゅっと、舌先で肌を優しく舐められ、そして再び唇への長い長いキス。

永遠に続くかのようなそのキスは、深く熱くその上、とてつもなく甘い。彼の味がするキスにこちらからも熱く応える。

不覚にも目尻から再び涙が溢れてきたタイミングで、一樹は囁いた。

「花乃、結婚してくれ」

甘いキスと熱い想いと硬い彼を全身に押し付けられて、心がグズグズに溶けていく。

一樹と花乃のベッドの上での交渉は、まだまだ続きそうであった。

エピローグ

「花乃、ほら、飲み物」

「ありがとう、一樹さん」

優しく差し出されたワイングラスを受け取ると、二人で連れ立って静かな場所へと歩き出した。

オペラの幕間にホワイエへ下りてきた花乃たちだったが、その時偶然にも、観客の中にめぐみと野沢の姿を見つけた。

そういえば、今日の出し物はめぐみの大好きなイタリアオペラだ。

「あ、あいつは……花乃にやたらと馴れ馴れしかった、営業マンだよな」

一樹は眉をひそめながら、渡しはしないとばかりにぎゅうっと肩を抱き寄せてくる。

やはり野沢と話していたあの時、この人は近くで立ち聞きしていたらしい。

「……あのですね。野沢さんは既婚者で、奥さんは私の幼馴染(おさななじみ)のめぐみですよ」

「そうなのか。……花乃、言葉遣いがまた戻ってる」

そうだった。タメ口で話してほしいとお願いされたんだった。まだ慣れないその習慣に、それでも努力はする。

「一樹さん、初めて再会した夜、覚えてる？」

「覚えているかだって？　忘れるはずがないだろう」

彼は意味ありげにニヤッと笑っている。爽やか貴公子のワイルドな笑顔も、なぜか悪くない。そのまま人目もはばからず唇にキスをしてこようとする身体を、さっと避け、頬にその唇を受ける。

今度は花乃の髪に飾ってあるバラにキスをすると、一樹は腰を抱き寄せた。このバラは今夜のデートにと一樹から贈られたものだ。バラの花言葉を先日ようやく知った花乃に、一樹はこうして何かあるたびに一輪のバラを贈ってくれる。

「あの夜、ホテルのバーにいたのは、メグを待っていたからなの。だけど見ての通り、あの夫婦は今でもあんな熱々だから、こっちをドタキャンされて――やけになったところを一樹さんに拾われたわ」

めぐみと野沢が新婚カップルのようにイチャイチャしているのは、遠目にも明らかである。

花乃の言葉を聞いた一樹は、ようやく表情を和らげて頷いた。

「なるほど。じゃあ、あの営業マンには感謝、だな」

「……そうね」

帰国したばっかりだったという一樹とは、多分あの夜に出会わなくとも、会社でいずれ会うことになっただろう。だがまあ、親友夫婦の仲の良さが、花乃と一樹とを再び結びつけたあの夜のキッカケを作ったのには間違いない。

花乃は、目ざとくこちらに気がついて突進してくる親友に笑いかけた。

「メグ、久しぶりってほどでも……」

親友は挨拶もそこそこに、勢いよく目の前に立ち塞がってくる。

……この小柄な姿に騙されてはいけない。めぐみはニッコリ笑って逃がさないとばかりに、大げさな身振りで言葉を続けた。

「それよりこちらはどなた？　私、花乃の親友やってます、野沢めぐみです。これは夫の裕史」

初対面である一樹へ物怖じせず挨拶してくる。めぐみの相変わらず人見知りをしないこのエネルギー。とても花乃には真似できそうもない。

そのめぐみの隣で、野沢もペコンと頭を下げた。けれどその目は、やはり好奇心に溢れていた。

一樹は、めぐみとその夫の野沢に、微笑んで挨拶をした。

「こんばんは」

「……こちらは、天宮一樹さん」

「あ、もしかして、バラの人？」

めぐみは花乃の髪に挿してあるバラと、首にかかった金のバラのネックレスを、じっと見つめている。

「初めまして、花乃の婚約者の天宮です」

「「えっ、ええ!?」」

「か、一樹さん……」

いけしゃあしゃあと婚約者を名乗る彼を、花乃はもう咎める気にもなれない。

彼のプロポーズには、まだ半分しかハイと頷いてはいないのだが……

呆れたように一樹に目をやってから黙った花乃を見て、めぐみは顔を輝かせた。

一樹に手を差し出し、「初めまして、これからもよろしく」と熱い握手を交わしている。

満面の笑みの一樹は、この二人がキッカケをくれたという花乃の言葉により、遠慮なくその人たらしの才を発揮していた。

「お会いできて、光栄です」

優雅な仕草で挨拶を返すその高貴な顔には、眩しい微笑みが浮かんでいる。

一瞬でめぐみは真っ赤になった。野沢もなぜかポーッとしている。

(……見かけだけは爽やかな貴公子、天宮殿下ですものね……)

だがその中身は、紳士の皮を被った超肉食の狼である。

週末の夜ごとに変身する彼に、花乃は今夜も美味しく食されるのだろう。

さっきも二人きりのバルコニー席で、かなり際どいイタズラをされていた。

そんな回想で遠い目をしている花乃の耳に、「いつ頃のご予定ですか?」などと、三人の会話が飛び込んでくる。

「そうですね、日取りが決まったら結婚式の招待状が届くと思いますので、ぜひ出席してください」

（あっ、やられたわ！　一樹さんってば……）

まったく。この人ほど、油断も隙もない相手はいない。

彼のプロポーズにまだ全面的に首を縦に振っていない理由の一つ。

籍を入れるのはまあいいとして、結婚式など特に挙げる必要はない……とこの件に関しては、まだお互い折り合いがついていなかったのだ。

ベッドの上で何度も「親しい人だけの小さな式でいいから」と彼に説得されて、花乃はようやく「考えてみる」と渋々頷いたのだが……

こんな風に一樹に押されて、きっとそのうち、彼の思い描く結婚式を挙げさせられるのだろう。

そんな予感をヒシヒシと感じている。

二人が一緒に暮らす上で戸惑うこともあるけど、これから長い人生を共にするなら、それを受け入れるのは必然なことに思えてきた。

俺のものとばかりに腰を抱かれつつ、花乃は心の中で諦めと幸せのため息を両方ついたのだった。

番外編　爽やか貴公子の執着愛は止まらない

「成瀬の妹か？　……冗談だろ。まだ中学生じゃないか。それに、ハッキリ言ってタイプじゃない」

一樹の口から、思った以上に辛辣な言葉が飛び出た。

場所は都内のある駅。せわしい朝の構内での出来事だった。

からかい調子の軽口に、とっさに否定したものの、すぐにこんな大勢が行き交う場所で声を張り上げてしまったことに気づく。……とんだ失態だ。

一樹は、友達が引き継いだ「はは、髪の長い娘が好みだもんな」との軽口に合わせ、さり気なく話題を変えた。

――だが、内心では思いっきり動揺していた。穏やかな外見とは裏腹に、胸中では嵐が吹き荒れていて……まぶたに浮かぶひたむきな瞳に、心がかき乱されて落ち着かない。

（まだ愛おしいなんて……いや、だからこそ無理なんだ！）

遠藤一樹、十七歳。もうすぐ高三になる一樹は、戸惑っていた。タイプじゃないと言ったのは自分なのに、まるで自身が切られたような深い胸の痛みを感じる。

いつも穏やかな態度がどこかぎこちなくなっているのには、自分でも気づいていた。

◆　◇　◆

花乃という女の子は、出会いからすごく印象深かった。

ある週末の午後。訪れた図書館で、読んでいた本からふと顔を上げると、同い年ぐらいの女の子が近くに立っていた。

シンプルなシャツとジーンズ、柔らかそうな髪質のショートボブ。

格好は男みたいだが、それがものすごく似合っている。でも、男勝りという感じも、きつい感じもしない。長すぎるシャツを巻き上げた袖からは華奢な腕が、ボタンを外した喉元からは白く綺麗な肌が、それぞれ魅力的に覗いていた。

可憐な麗人――そんな言葉がピッタリくる、不思議な雰囲気の女の子。

これが花乃の第一印象だった。

何かを言いたそうにこちらをじっと見つめる瞳に、自然と惹き込まれそうになる。

(可愛い娘だな)

一目でそう思った。

自分の好みは、髪の長い控えめな感じの娘だったはずなのに。

彼女が喋った途端、自分の中で何かがカチッとハマる音が聞こえた。

（なんだ、この感覚……？）

彼女が立ち去った後も、なんとなく気になった。その後も、彼女を見かけるたび、気がつくと目が勝手にその姿を追いかけている。

彼女のふとした仕草、思いがけなくこちらに向けられた視線、時々見られる含み笑い。そんなものにいちいち感情を揺さぶられる。

（これは、もしかして――）

どうやら自分は、彼女に惹かれているらしい。

ストーカーもどきの自分の怪しい行動の意味を自覚した途端、気持ちが止まらなくなった。

そして季節が変わり、梅雨もやっと明けたある土曜日。

いつもより早く図書館に着いた一樹は、なんとなしに散歩していて花乃の姿を見かけた。チャンスだと思いきって声をかけてからは、ますます花乃が可愛く思えてならない。

……一体なぜ？　ほんのひと時会うだけなのに、どうして彼女が頭から離れない？

週末が過ぎるといつものように学校に行きながら、ふと冷静になった頭で考えてみる。

一樹の高校には、可愛い娘や美人な娘、頭のいい娘もたくさんいる。学生街にある駅では、それこそ大勢の魅力的な他校生を見かける。そんな環境で毎日のように告白されて、たまに気が向いてデートした娘たちと、花乃は全然違う。

どんな娘よりも、花乃がいい。

強く揺るぎないそんな気持ちは、それこそ初めてだった。

これまで可愛いと思った娘たちとは比べようもないくらいだ。しかも、他のことに気を取られるとすぐ忘れてしまうような、そんな一過性の可愛さではない。

会っている時もいない時も、花乃がいつも側にいるように感じる。

親しくなるにつれ、膨らむばかりの衝動に駆られて彼女の頬や髪に触れると、心に不埒な欲望が次々と湧いてくる。これにはまったく参ってしまった。

一樹は、自分でも驚くほど花乃に入れ込んでいたのだ。

そんな冬のある日。祖母に会うために訪れたイギリスのとある店先で、一樹は金のネックレスを見つけた。

花びら一枚一枚が繊細で魅惑的な金細工は、花乃に似合うだろうなと思った途端に、即購入していた。職人技が光る可憐な金のバラは、バレンタインの贈り物にぴったりだ。

――あちらでは、バレンタインに男性から意中の人へのアプローチとして、バラを贈る風習があった。生粋のイギリス人である祖母から常に紳士らしくと教育された一樹にとって、それは自然なことだった。

若い女性用のプレゼントを購入した一樹を見て、宝石店に居合わせた祖母には花乃への本気度を見抜かれてしまったようだ。『まあ、せいぜい頑張るのね』と励まし半分でからかわれた。その言葉に対して、気づけば一樹は『大切な人なんだ』と自然な想いを口にしていた。

(そうか……!)

言って、ようやく心から納得した。花乃はとても『大切な人』なんだと。祖母はその言葉を聞くと少女のように笑って、バラには色や本数によってそれぞれ意味があることを教えてくれた。

この頃の一樹は、花乃と付き合うのは時間の問題だと思っていた。

そして、バレンタインのチョコをもらえるだろうと、すごく楽しみにもしていたのだ。

なぜなら、花乃はいつもお弁当のおかずをわざわざ二人分作ってきてくれる。

そして〝花乃〟と呼びかけると、嬉しそうに笑うのだ。その笑顔が堪(たま)らなく愛しい。

お互いに名前で呼び合うのもしっくりくるし、一樹がいつ触れても、決して嫌がらない。

なにより、二人で過ごす時間は言葉にできないくらい特別だった。

イギリス土産(みやげ)のネックレスを、目を丸くして受け取った花乃は、『一生大切にします』と笑顔で誓ってくれた。背中に回ってネックレスをつけてあげると、大切そうにバラに触れていた。心からの贈り物を首に下げた花乃の柔らかな膝に頭を預け、冬空を見上げた一樹は、とても満ち足りていた。ところが、バレンタインが間近に迫ったある日。一樹は思いがけない事実を知った。

花乃はなんと、まだ中学生だったのだ。それも一年生。

都内の女学院に通っていると聞いていたけれど、まさか中等部だったなんて――。考え方も言動も大人びている花乃が中一だなんて、今でも信じられない。

どうしたらいいのか分からないまま、とりあえずは二人きりになることを避けた。

だけど土曜になると、やはり花乃に会いたくなる。

苦悩にも近い揺れる心を抱えた、そんなある週末。

図書館に行く途中で偶然クラスメイトに会った。すると、その娘(こ)はどういうわけか、一樹が花乃に贈ったネックレスを首にかけていた。

「見て見てっ！　遠藤くん、さっき成瀬から、ホワイトデーのお返しもらっちゃった！」

自慢げにネックレスを見せびらかされた時の、一樹の驚きようといったらなかった。

（なぜ、花乃のネックレスをこの娘が……？）

返してくれ！　そうどなりたくなる衝動を必死で抑えた。

ダメだ。自分はそんなことをこの娘に主張する権利など微塵もない。

だけど、花乃の実年齢を知ってからいまだに動揺しまくっているこんな時に……

一樹が気持ちを込めて贈ったものを、花乃が兄にあっさりあげてしまった。この事実が、自分でも信じられないほどショックだった。

この頃は確かに二人きりになるのを避けてはいた。が、それはなかなか心の整理がつかなくてのことだったのに――

（ネックレスが気に入らなかったのなら、そう言ってくれればいいじゃないか！）

そう叫び出したくなる自分に、落ち着けと言い聞かせ電車に揺られていると、こんなに動揺していることにだんだん腹が立ってきた。それに、花乃はまだ中学一年生なのだ。見かけや言動は大人っぽくても、まだまだ子供だ。飽きたものを兄にあげてしまってもおかしくない。

そんな娘では決してないと思っていたけれど……もういい。あのネックレスのことなど、もう考えたくない。幼い娘のしたことを責めるなんて、分別のある自分はすべきではない。

一樹は、自分の気持ちに折り合いをつけようと必死になった。

――けれども、やはり自分の思いを無下にされた事実は否めない。

図書館の最寄り駅で待ち合わせた友達に、いつも花乃の様子を見に行くことをからかわれた一樹は強く否定した。

ところがその日、花乃は図書館に来なかった。

こんなことは初めてだったが……その時の一樹はほっとした。今日花乃に会ったら冷静な態度でいられるか、自分でも疑問だったのだ。まだ中学生とはいえ、贈り物を人にあげてしまう彼女にどう接していいのか分からない。

ああ、だけど……本当は声が聞きたかった。一目だけでも姿を見たかった。

一樹は、苦悩に囚われながらも、至って普段通りに家路についた。

次に会う時は普通に接しよう。花乃を愛おしく想うこの気持ちも、そのうち薄れてくる。きっとそうなるに違いない。

そして迎えた次の土曜日。いつもよりずっと早く図書館に着いた一樹は、緊張しながら花乃の訪れを待った。けれども、その日も花乃は図書館に来なかった。

思った以上に落胆したが、よく考えてみれば自分たちは毎週会う約束をしていたわけではない。互いに会いたいと想う心がそうさせていただけ。

そして二週間、三週間、一ヶ月が過ぎた。花乃が顔を見せない日々が続くと、さすがの一樹もおかしいと思うようになった。

だが、この時になっても、一樹は花乃が図書館に来なくなるという心配はしていなかった。

なぜなら、彼女がこの図書館に足繁く通う理由の一つが、コンピューター専門の輸入雑誌目当てだと知っていたからだ。

図書館に来ればきっとそのうち会える。将来はＩＴの仕事を……と語っていた花乃であれば。

だが、一樹が空元気でやり過ごせたのは六週間目までだった。

（どうして来ないんだ？　花乃……）

花乃の携帯番号を眺めては、せめて声だけでも、と思ってしまう自分が嫌になる。

今さら電話をかけるなんて、できるはずもない。突然「どうしてる？」なんて今さら聞けない。

何ヶ月も悶々と悩んだ一樹は、とうとう最終手段に出ることにした。

花乃の兄である総士からさり気なく様子を聞こうと、放課後部活中の彼のもとに向かう。

ところが体育館の角を曲がった途端、当の本人とぶつかってしまった。

「あ、痛っ」

「悪い、遠藤っ！　俺ちょっと急いでて」

慌てて起き上がろうとした総士を、怒った声が追いかけてきた。

「ちょっと、このＫって誰なのよ！　ちゃんと説明してちょうだい！　逃がさないわよっ」

見ると、以前ネックレスをもらったと喜んでいたクラスメイトが、総士に詰め寄っている。

その手には、例の花乃に贈ったネックレスが握られていた。

「いや、だから俺も知らないんだって。それは俺が買ったんじゃないんだ！」

こけた格好のまま彼女に見下ろされた総士は、しどろもどろに答えた。

「はあっ⁉　なんですってぇ、一体どういうことよ！」

「ああ、どういうことだ？　きっちり説明してもらおう」

パンパンと埃を叩いて起き上がった一樹も、怒気をはらんだ声音で問い詰める。

同級生二人に見下ろされた総士は、観念した。

「悪いっ、それ、多分妹の物なんだ。あいつ、なんかやたらと女子にモテるみたいで、しょっちゅうクッキーとかケーキとかもらってくるんだよ。だからてっきり、それもそんなもんだと思って……」

あの日の朝。総士は椅子にかかっていたコートを羽織って外に出た。それが花乃に譲ったものだと気づいたのは駅に着いてからだったが、大して気にもしなかった。

妹の花乃は、あげたコートを総士が使ったくらいで目くじらを立てるような子ではない。

部活に行く途中でクラスメイトの女子に捕まり、ホワイトデーのお返しを要求された総士は、コートのポケットを探って出てきた小さな箱をそのまま渡した。

「いやあ、俺も中身がそんな高価そうなものだとは思わなかったんだ」

その箱の中身は、凝った細工を施した、どう見ても高価そうな金のネックレスだった。

まずい、とは思ったものの、小躍りするクラスメイトに今さら返してくれとは言えない。

まさか本物じゃあないだろうと考えた総士は、まあいいかとそのままにした。

総士が言うには、花乃は菓子をもらって帰った時は、一口味見したら後は全部総士に譲ってくれるらしい。

『食べ物ばっかりなんだな』と総士が不思議に思って尋ねると、『形の残るものは受け取らないと決めている』と淡々と答えたという。

総士は多少の罪悪感を覚えたものの、物に執着しない花乃の性格と食べ物以外の贈り物はすべて返すことを知っていたこともあって、本人にはあえて言わなかった。

だがさすがに、クラスメイトは目ざとい女子だ。しばらく経って、あまりにも高級感溢れる金のネックレスが気になって調べたらしい。すると、それまでメーカーの名前だと思っていたが、留め具に「Forever and Always K&K」と彫ってあることに気づいた。

そして、それが恋人や親友同士の慣用句メッセージだと知ったのだ。

『いつも、いつまでも、二人は一緒に。K＆K』

総士もクラスメイトも頭文字はKではない。

「信じらんない！　妹さんへのプレゼントを、使い回しするなんて！」

総士に向かって投げられたネックレスを受け止めたのは、一樹だった。

「成瀬、これは花乃がお前にやったのか？」

確かめるように問う一樹に、観念した総士はうなだれて、違うと首を横に振った。

「やっぱりそれって、遠藤が餞別にやったやつだったんだな」

図書館で親しそうな二人を見かけたことのある総士は、Kのイニシャルでようやく気がついたらしい。

「餞別とは、どういう意味だ……？」

聞けば花乃は両親の離婚を受け、父親と一緒に引っ越していた。総士は、父の実家の場所は知らないという。小さな頃から両親の仲は良くなかったらしい。

そこで初めて一樹は、花乃の家庭の事情を知った。

しばらくは言葉が出せないほどの衝撃を受けた。

その生い立ちもだが、二度と花乃に会えないのではないか……そんな恐怖で指先が冷えてくる。

「まあ、お袋が花乃は元気そうだって言ってたし、遠藤も気にするな」

総士が軽い調子で背中を叩いてくる。成瀬の母親は花乃とまだ連絡を取っているらしい。

総士と別れてすぐ、一樹は携帯を取り出した。今度は躊躇(ちゅうちょ)なくボタンを押せる。

花乃は、一樹からの贈り物を総士に譲ったのではなかった。

だが、高揚した気持ちのままかけた電話は繋(つな)がらず、『おかけになった電話を…』というメッセージが流れるだけだった。瞬間感じた落胆は自分でも相当だった。何回かけても、同じメッセージだ。その日も。次の日も。またその次の日も……

まさか、と思いつつ理解した。心の底では信じたくなかった。

(嘘だ、着信拒否だなんて――)

思えば、花乃の年齢を知ってからの自分は、彼女にずいぶんひどい態度を取ってしまった。

花乃の何か話したそうな様子に気づいていたくせに、さっさと逃げるようにその場を去ってしまい、花乃が自分のために料理したおかずも、食べずじまい。笑いかけられても、ドキドキする胸を誤魔化すように目を逸らしてしまった。

（明らかに避けてるって分かったよな。いくらなんでも）

花乃はずっと何かを言おうとしていた。

――きっとこのことを告げるつもりだったに違いない。

一樹は丸々一月、それはもう落ち込んだ。そしてようやく、今まで花乃に対して強気でいられたのも、心のどこかで繋がりがあると決め込んでいたせいだと理解した。

花乃の、一樹を見て微笑む顔。名前を呼んでくれる可愛らしい声。自分とはまるで違う細い手。思い出すだけで心が締め付けられる。……苦しい。情けなくも吐きそうになる。

花乃に対する気持ちは、恋ではなかった。もっと……もっと深いものだったのだ。

こんな苦しい想いが恋であるわけがない。こんな喪失感はただの愛ではない。

（違う、違う、そんな軽いものじゃない――これは……）

一体、なんなのだろう……？

その時の一樹には、それを形にすることはできなかった。


それからの一樹は、表面上は何も問題はなかった。高校生活も大学受験も順調。だけど、一樹の心は自分の半身を失ったような大きな喪失感に蝕まれていた。

家では、さすがに様子がおかしいと思われていたらしい。母子家庭で育った一樹は、母親にはうまく感情を隠せない。卒業後の話をしている時、一人暮らしが不安なのか？　と聞かれてしまった。

母親から真剣に付き合っている人がいると打ち明けられた前年から、一樹はいい機会だから一人暮らしをすると告げていた。当時はまさか花乃が中学生だとは思わなかったから、一樹は一人暮らしに大いに期待していたのだ。

そう、花乃に対する愛情が確かだった一樹は、下心もあってわざわざ独り立ちを決めた。

花乃は料理が上手だったし、うまくいけば一緒に……と夢を膨らませていた矢先に、花乃の年齢を知ったのだ。そして誤解をした自分の前から、彼女はいなくなってしまった。

(来年、か……。待てよ、俺が大学一年ってことは、花乃は中学三年だよな)

そうだ。何年か待てば、花乃は自分と付き合ってもおかしくない年齢になる!

今すぐ謝るのは、着信拒否までされている身では逆効果だ。下手するとストーカー扱いされる。これ以上彼女に嫌われるのは絶対避けたい。いっそ自分のしたこんなひどい仕打ちを忘れて、もう一度ゼロからやり直せるなら……

会えない年月を逆に自分の味方にする。そんな諦めが悪い自分に呆れながらも、一樹にはやっと道が開けたように思えた。

次に花乃に会う時は、もう二度と彼女を離しはしない――。たとえ花乃に恋人がいても関係ない。必ず自分が彼女を幸せにしてみせる!

固い決心で一樹は力強く拳(こぶし)を握り締めた。

◆◇◆

一樹の立てた人生設計は順調だった。花乃と結婚して家庭を築くために、会社での改革も着々と進めている。さて、これからどうやって花乃にさり気なく近づき親しくなろう……と考えていた頃だった。

帰国したその日に、一杯やろうといつも訪れるホテルバーに寄ってみたら——

『隣、空いていますか？』

声をかけた女性が、なんと会いたくてしょうがない最愛の人だったのだ。

(花乃っ！　嘘だろうっ、まさかこんなに早く会えるなんて……！)

花乃であることは、一目で分かった。

少し癖のある柔らかな髪、小さな顔、そして一樹を惹きつけてやまないその神秘的な瞳。

不意打ちの運命の再会に、心臓は痛いほど高鳴り、ますます綺麗になったその姿に釘付けになった。すると彼女も一樹を見つめ返してきて、二人の視線は一瞬交差した。

目の前にいるこの愛しい人は、記憶に残るその姿よりずっと可憐に成長していた。

だが、一樹はとっさに名乗ることをためらった。

思い描いていた構想では、二人の過去を払拭するようなスムースな再会を演出するつもりだった。なのに、こんな出し抜けになんの下準備もしていない今、自分だと名乗ることは二人にとってプラスになるのだろうか……？

それに、やはり自分は忘れ去られているのだろうか。

このまま気づかぬふりをして、見知らぬ他人として声をかければ……。いや、それだとただのナンパになってしまう。さり気なく昔馴染みだとバラす時に、なんて軽い人だと思われるのはごめんだ。

けれども、どうしてもそのまま知らないふりができない。

——結局、一樹はバーを去る花乃を追いかけた。

そうしたら、さっきまでシラフだった愛しい人は、なぜだかものすごく酔っていた。

腕に抱えたこの人を優しく介抱してあげたいのに、同時にその身体に触れたくて仕方ない。

その上、花乃は酔っ払って甘えるようにもたれ掛かってきて、「一樹さん」と昔と同じ調子で呼びかけてくる。腰を抱いてその身体に腕を回せば、身体の奥からこみ上げてくる衝動で下半身が熱を帯びる。この腕の中の存在がどうしようもなく愛おしい。

とはいえ、花乃の酔いが覚めた時、警戒心を持たれたくない。その一心で、なんとか心を落ち着かせて精一杯紳士らしく振る舞った。

だが、真夜中の花乃からの思いがけないキスと誘惑に、一樹の自制心も理性も何もかもがいっぺんに吹き飛んでしまった。

(ああ、なんて……)

可憐(かれん)な花に成長したのだろう——

この腕に花乃がいる。そう思うだけで、もう堪(たま)らない。

ましてや、妖艶(ようえん)な流し目で誘うように笑いかけられ、細い手でゴムを邪魔と言わんばかりにポイと放り投げられてしまっては。

大胆な仕草に極限まで煽られた一樹は、もう自分を止められなかった。

ずっと想い続けていた花乃が、自分と愛し合いたいと濡れた瞳で語りかけてくる。

興奮と情欲で高まる身体は、十五年分積もり続けた想いそのままに、花乃と思いきり情熱的な愛を交わした。

「花乃……」

ようやく、ついに、花乃をこの腕に。

一樹の心は悦びで震え、言葉にできない熱い想いをすべて解き放つ。そうして満足げな微笑みを浮かべながら、気を失ったように丸まって眠る身体を夢心地で後ろから抱き締めた。その腰を引き寄せ自分の方へと向かせる。

……やっと取り戻した。そんな天にも昇るような心地で幸せを噛み締めながら、もう二度と離しはしないと、しっかり花乃を抱いて一緒に眠った。

翌朝。「花乃……」と愛しい名を呼び、横にいる温かい身体に腕を伸ばす。

ところが、手に触れた冷たいシーツの感触に一気に目が覚めた。

ガバッと起き上がると、自分の身体からもシーツを剥ぎ取って確かめる。

すると目に飛び込んできたのは――

「えっ…？」

指先を伸ばして確かめてみて、ようやく気がついた。

散った花びらのように見えたのは、血の痕だったのだ。

「嘘だろう……」

それの意味することに、しばし呆然となった。傷つけるほど乱暴に抱いてはいない。だとすれば……花乃は昨夜が〝初めて〟だったのだ。それなのに自分ときたら――

（なんてことだ！　俺はまた、取り返しのつかない失態を……）

ようやくこの手に抱けた可憐な一輪の花を、情熱の赴くまま抱き潰してしまった。花乃は長い間ずっと大切に守っていたものを、ためらいもせず捧げてくれたのに。昨夜のあの濃艶な姿が花乃の初めてだったと思うと、なんでもっと優しく抱いてやれなかったのかという悔しさで心がいっぱいになる。

そう反省する一方で、感激している自分がいた。

自分が花乃の最初で最後の男になれるのなら。あの可愛らしい声で『誰よりもあなたが欲しい』と言ってくれるなら。花乃のすべてを手に入れるつもりの一樹は、それこそ本望だと思った。

衝動的にスマホを掴み、勢いのまま花乃にかけてみる。だが、やはり繋がらない。

一樹は真っ暗な待ち受け画面を堪らない気持ちで眺め、重いため息をついた。

十五年ぶりに生身で触れた可憐な姿を思い浮かべると、感動と興奮で心から湧き上がる熱を冷ませそうにない。十七歳の頃に感じた愛欲は、今でも立派に健在している。

ふと下を見ると、可愛らしい布が落ちている。

花乃がここにいた確かな証拠である可憐なショーツを、一樹は屈んで拾い、ぎゅっと手の中で握り締めた。

どうしても、もう一度自分を好きになってほしい……！

（花乃、花乃、俺の花乃。君は俺のものだ）

あの可憐な花を逃がさないよう囲い込み、他の男に目がいかないよう甘やかして、自分だけを見るよう仕向けるにはどうすればいい？

（……待て、落ち着け。急に迫って花乃に逃げられたら……）

それこそ目も当てられない。それに自分は、花乃にすぐ冷めてしまうような性急な恋に落ちてほしいわけではない。

ずっと、いつも、いつまでも、一緒にいたいのだから。

そのためにはじっくりと、けれども確実に事を運ばなければ。

こうして、大人のずるさを駆使して花乃を懐柔し、一緒に暮らすことになった一樹は、二度目の恋を仕掛けることに躊躇はしなかった。

◆　◇　◆

人は結婚に夢を持っている。そういうものだと思っていた。――花乃を知るまでは。

せっかく式を挙げてもいいと返事をもらえたのに、折りも悪く、自分も花乃も当分仕事が詰まっていて、二人揃っての休暇が取れない。そのため半年はスケジュール的に無理だと断念して、せめて籍だけでもと口にしたのだが。

「そんなの、区役所に行って届けを提出すればいいだけなのでは？」

婚姻届を提出する日は、どこかに出かけないか？　と花乃の希望を聞いたら、あっさりした答えが返ってきた。

金曜日の夜。一樹は夕食の後片付けを手伝いつつ、淡白な婚約者の説得を試(こころ)みていた。

「それじゃあ、なんか呆気なくないか？　花乃は成瀬花乃から、天宮花乃になるんだぞ」

天宮花乃――なんて心地よい響きだ。ついに、昔から思い描いていた夢が叶う。

「会社では、便宜上旧姓のままだろうが、せめて記念に食事に行くとか……そうだ。ホテルで食事をして、そのまま泊まるというのもいいんじゃないか？」

一樹でさえ天宮の家に養子に入った日は、伯父が宴(うたげ)の席を設(もう)けてくれて感慨深いものがあった。だからというわけではないが。一樹としては夫婦として同じ姓を名乗り、一生のパートナーの絆(きずな)を結んだ証(あかし)として、このめでたいイベントをともかく祝いたい。

なのに、この可愛い恋人は、入籍イコール結婚だからそれだけで満足だというのだ。

花乃を嫁とする機を十数年も辛抱強くうかがっていた身としては、納得いかない。

できるなら、世界中に花乃は自分の嫁だとアナウンスしたいくらいだ。

「記念に食事……ですか」

皿洗いをしていた手を止めて、花乃は何か思い当たるような顔をした。

「どこでもいいんだぞ。好きなレストランを選んでくれ」

ようやくその気になってくれたと、一樹は畳みかけるように二人の記念日にふさわしい高級レストランの名を次々と挙げる。

「――フレンチ、イタリアン、和食はこんなものだな、後は……」

「一樹さん、気持ちは嬉しいけど、どうしても外で食事をしなくてはダメ？」

「ダメではないが……どうしてだ？　夕食を作る手間が省けるし、花乃も美味しいものを食べるのは好きだろう？」

二人で出かけるのは花乃も好きなはず。付き合い出して結構経つが、実は数えるほどしかデートをしていない。そのせいか、婚約前はセフレ関係だととんでもない誤解をされていた。気持ちを確かめ合ってからは、そんな誤解を二度と起こさないように、花乃の希望も聞いて一ヶ月に一回は外でデートすることにしている。

そして迎えた花乃チョイスの第一回目が、近所のスーパーに一緒に買い物に行くことだったのには驚いたが。だが二人で手を繋いでスーパーに行く間中、花乃がずっとニコニコ笑っていたので、こんなデートで十分満足していることが分かった。

そんな花乃がどうしようもなく愛おしい。

「お食事に出かけるのはもちろん好きですよ。でも、よかったら、その日の夕食は私が作りたい」

「もちろんだが、本当に出かけなくていいのか？」

花乃の頬がわずかに紅潮して、こちらに潤んだ瞳を向けてきた。

「あのですね……この間、一樹さんのお母様からいただいたレシピを試したいので、ぜひお家でお祝いしたいです」

「レシピ……？」

「何でも、イギリスのお祖母様のものだそうで。すべて一樹さんの好物だと聞きました」

「gran(祖母)の……もしかして、ローストビーフか？」

懐かしいメニューを思い出しつつ、訊(たず)ねる。祖母のローストビーフはハーブの味が利いた逸品だ。

目を輝かせた一樹を見て、花乃は微笑んだ。

「そう。それに付け合わせのグレービーソースと、マッシュポテト。デザートはアップルクランブルです」

聞いているだけで喉が鳴った。花乃が口にしたのはどれも一樹の大好物ばかりだ。

「いつの間に、そんなものを」

母に会わせた時は、結婚式の話で盛り上がってそんな話はしていなかったはずだ。

花乃を見るなり、母は「可愛い！」を連発して手を握らんばかりに興奮してはいたが。

「メル友なんですよ、お母様と。息子が養子に行ってからつれないと嘆いていらっしゃいました」

軽く笑う花乃に苦笑いが漏れる。

「忙しくてな。それに、この歳でしょっちゅう連絡を取る方が問題だと思うが」

「お父様(専務)とは、しょっちゅう飲みに出かけているのに？」

「――俺は今、一人の女性に夢中だ。他のことに気が回らない」

「え？　それって……」

照れた表情の花乃が、目を泳がせる。

「普段は凛々(りり)しいのに、俺の前だと甘えてくるところとか、結構くる。思ったより手もかからないな」

「手もかからない、って……？」

きょとんとした顔に向かって笑いかけ、一樹はタイミングよく足元にすり寄ってきた灰色の毛玉を抱き上げた。

「なあ、モップ？　お前は俺の味方だよな？」

「っ――私だって、一樹さんの味方ですっ」

拗(す)ねたような口調が本当に可愛くて堪(たま)らない。気がつけば、その細い身体を抱き寄せていた。

怒った顔も最高に可愛い。

「冗談だ。俺には花乃だけだ」

からかわれたことに気づいた花乃は、つんとした態度で言う。

「今夜のバトルは手加減しません」

「……今夜は、俺がゲームを選ぶ番じゃなかったか？」

花乃は、格闘ゲーム以外では勝ったことがない。

今日の罰ゲームは夕食の片付けだ。ハッとした花乃は、濡れた睫毛(まつげ)を瞬(またた)かせて甘い声を出した。

「一樹さん、優しくして……？」

いや無理だ。絶対無理だ。

常に凛(りん)としている恋人にこんな可愛いところを見せられて、奮(ふる)い立たない男はこの世にいない。

今夜は、久々に一緒にゲームを楽しんでから……などと考えていたことなど、遥か彼方に忘れ去った一樹は、花乃を素早く抱き上げるなり、ベッドルームへと直行した。

「あの？　一樹さん……？」

目を見開いた花乃の戸惑った息遣いにさえ、反応してしまう。ベッドまで抱えていくと、可愛い恋人は一樹の下半身の変化に気づいたようだ。恥ずかしそうに目を伏せる。

限りなく無垢なのに妖艶とも言えるその表情。そんな花乃にますます魅了されてやまない。心だけでなく腰の奥にも直接クる。

身体も心もすべてをかけて、こんなにも花乃が欲しい。

そんな興奮した自分へ、落ち着けと一樹は長い息を吐き出した。

「優しく、というのは本当に難しいな」

「一樹さんは、いつでも優しいですよ？」

可愛い恋人の言葉は嬉しいが、ついつい熱くなってしまう自覚はある。

特に週末は、花乃への気持ちが溢れすぎて、つい溺れてしまう。

それが分かっているから、平日は花乃を抱かないようにしている。

大切にしたいと思っているのに、欲望に忠実な手は花乃のバスローブをはだけさせ、煽っているとしか思えない悩ましい薄い夜着をそっと床に落とした。ベッドの上で彼女を裸に剥くと、下肢が疼いて一樹も一気に着ている服を脱ぎ捨てる。

「……優しくしたい、とはいつも思っている」

「だったら、いつもの一樹さんが――いい」

ダメ押しの一言だった。一樹を魅了してやまないその濡れた眼差しは「あなたが欲しい」と情欲に濡れ光っている。

一樹は身を屈めて花乃の前髪にキスをすると、濡れた睫毛にも口づけを落とす。

「愛しているよ。花乃」

「一樹さん、愛してる。早く……きて」

重ねた唇は同じ熱を含んでいた。自然と半開きになった唇に舌を滑り込ませる。

「……ん」

胸中に積もる熱をそっと逃すように、一樹は角度を変えながら舌を絡ませ、白い身体を組み敷いた。

飽くことなく口内を隅々まで探り、甘い唾液を貪る。

花乃の味がする。甘い媚薬の効果を持つそれは、一樹を夢中にさせる。

「悪いが、今すぐ花乃が欲しい」

優しくしたいと言った舌の根も乾かぬうちに、こんな言葉を発してしまう。

「ふ……うんっ」

だが、可愛い花乃はわずかに目を細め、笑っただけで許してくれた。それだけでなく、膝でやんわり一樹を刺激して挑発してくる。

「まったく……どこでこんな煽り方を覚えてくる」

唇をつけたまま吐息で咎（とが）めると、ますます微笑みが顔いっぱいに広がった。

ならば受けて立つまで。絶対気持ちよくさせてやる。

滑らせた唇で首筋の白い肌を舐め上げ、強く吸い上げた。

「あ――っ」

俺のものだという紅い痣（あざ）がついたのを見て、一樹は満足の息を吐き出す。手のひらで胸の膨らみを捏（こ）ねると、目の前でのけぞった喉元を舐めた。さらに鎖骨へと唇を滑らせ、尖（とが）った頂（いただき）を口に含む。舌でゆっくり転がすと白い身体に血の気がさしてピンクに染まっていく。

「あ、あ、いい……一樹、さ……ん」

一樹がよがり声を気に入っていることを知っている花乃は、恥じらいながらも感じていることを言葉にしてくれる。普段の理性的な姿からは想像もできない淫（みだ）らな反応に、一樹が興奮しないはずがない。

「足を開いて、花乃……もっと大きく――」

素直に足を開いてくれた花乃の身体を割って、身を間にねじ込ませる。細い足首を掴（つか）んでさらに大きく開かせると、唇を滑らせて足を上へ上へと移動する。時々衝動に駆られ甘噛みしながら、柔らかい太ももを強く吸って所有の証（あかし）を残す。

「あ、あっ……ん……」

花乃の艶（つや）のある声が喉から漏れ出し、半ば開かれたままの唇から喘（あえ）ぐような吐息が溢（あふ）れる。

愛撫に身を震わせ、白い裸身には絶え間なくビクビクと痙攣（けいれん）が走る。

自分しか知らない花乃の淫らな姿に、貪欲な独占欲が湧いてくる。

花乃が一番感じるピクピクとヒクつく真珠のような膨らみにキスをすると、ますます切羽詰まった濡れた声が聞こえた。

「んん――っ……」

堪らない。

「ああ、花乃、可愛い……もっと、乱れて」

「あっっ……んっっ……あぁ……っっ」

この可愛い声、淫らな姿、濡れた眼差し――すべて丸ごと俺だけのものだ。

何度もイかせて、力が抜けた肢体を容赦なく攻め落とす。

その間も、熱く滾る衝動が絶え間なく理性に襲いかかり、今すぐ花乃の中に入りたいと訴えてくる。そんな嵐のような激情を意思の力で抑えつけ、花乃を壊さないように可愛がるのも、愛しいからこそ。

「花乃を抱くのは、一生、俺だけだ」

見つめてくる花乃の瞳を捉えたまま足を抱え直すと、硬い自身を柔らかくなった蜜口に押し当てる。

「俺たちはお互いのもの。俺の隣に、ずっといてくれ……」

その身一つでいい。他には何もいらない。

この腕で陶酔したように頬を上気させている可憐な花。この花と、もっと確かな絆を結ぶために、一樹はゆっくり身を沈めて花乃の奥まで挿入った。

「一樹……さ、ん……あぁぁ――」

ずっと、いつも、いつまでも……一緒に生きていこう。

そうして誓うようにその眦にキスをする。続いて頬、鼻先、額へ。腕の中のこの愛しい存在を永遠に閉じ込めて、延々とキスをしたくなるほどだ。

この溢れる気持ちを愛の言葉にのせて、甘いキスをその可愛らしい唇に。

〝愛してる〟という言葉では、語り尽くせないこの気持ちを納得するまで。

小さく震える胸には一輪の金のバラが咲いている。

〝You are the one〟（君しかいない）

「花乃、心から愛してる」

そのすべてを捕まえたいと想う存在に、とっくの昔に全身全霊を捧げている。

貴公子は、その甘美な拘束をも享受し、愛おしい人に爽やかな笑みを向けたのだった。

この作品に対する皆様のご意見・ご感想をお待ちしております。
おハガキ・お手紙は以下の宛先にお送りください。

【宛先】
〒150-6008 東京都渋谷区恵比寿 4-20-3 恵比寿ｶﾞｰﾃﾞﾝﾌﾟﾚｲｽﾀﾜｰ 8F
（株）アルファポリス　書籍感想係

メールフォームでのご意見・ご感想は右のＱＲコードから、
あるいは以下のワードで検索をかけてください。

アル　書籍の感想　検索

ご感想はこちらから

本書は、「アルファポリス」（https://www.alphapolis.co.jp/）に掲載されていたものを、改題、改稿、加筆のうえ、書籍化したものです。

二人の甘い夜は終わらない

藤谷 藍（ふじたに あい）

2021年 7月 31日初版発行

編集ー羽藤瞳
編集長ー倉持真理
発行者ー梶本雄介
発行所ー株式会社アルファポリス
〒150-6008 東京都渋谷区恵比寿4-20-3 恵比寿ｶﾞｰﾃﾞﾝﾌﾟﾚｲｽﾀﾜｰ8F
TEL 03-6277-1601（営業）　03-6277-1602（編集）
URL https://www.alphapolis.co.jp/
発売元ー株式会社星雲社（共同出版社・流通責任出版社）
〒112-0005 東京都文京区水道1-3-30
TEL 03-3868-3275
装丁イラストー芦原モカ
装丁デザインーansyyqdesign
印刷ー株式会社暁印刷

価格はカバーに表示されてあります。
落丁乱丁の場合はアルファポリスまでご連絡ください。
送料は小社負担でお取り替えします。

ISBN978-4-434-29112-8 C0093